Thomas Helder

Muriel Barbery
Thomas Helder

Traducción del francés por
Isabel González-Gallarza

Obra editada en colaboración con Editorial Planeta – España

Título original: *Thomas Helder*

© Actes Sud, 2024
© por la traducción, Isabel González-Gallarza, 2025
Composición: Realización Planeta

© 2025, Editorial Planeta, S. A. – Barcelona, España

Derechos reservados

© 2025, Editorial Planeta Mexicana, S.A. de C.V.
Bajo el sello editorial SEIX BARRAL M.R.
Avenida Presidente Masarik núm. 111,
Piso 2, Polanco V Sección, Miguel Hidalgo
C.P. 11560, Ciudad de México
www.planetadelibros.com.mx

Primera edición impresa en España: marzo de 2025
ISBN: 978-84-322-4456-8

Primera edición impresa en México: mayo de 2025
ISBN: 978-607-39-2843-4

No se permite la reproducción total o parcial de este libro ni su incorporación a un sistema informático, ni su transmisión en cualquier forma o por cualquier medio, sea este electrónico, mecánico, por fotocopia, por grabación u otros métodos, sin el permiso previo y por escrito de los titulares del *copyright*.

Queda expresamente prohibida la utilización o reproducción de este libro, en su totalidad o en cualquiera de sus partes, con el propósito de entrenar o alimentar sistemas o tecnologías de Inteligencia Artificial (IA).

La infracción de los derechos mencionados puede ser constitutiva de delito contra la propiedad intelectual (Arts. 229 y siguientes de la Ley Federal del Derecho de Autor y Arts. 424 y siguientes del Código Penal Federal).

Si necesita fotocopiar o escanear algún fragmento de esta obra diríjase al CeMPro (Centro Mexicano de Protección y Fomento de los Derechos de Autor, http://www.cempro.org.mx).

Impreso en los talleres de Litográfica Ingramex, S.A. de C.V.
Centeno núm. 162-1, colonia Granjas Esmeralda, Ciudad de México
Impreso en México – *Printed in Mexico*

A Chevalier, siempre

A Emmanuelle

DUELO

Un vasto cielo de nieve se inclinaba sobre el cementerio de Châteauvieux, donde inhumaban a Thomas Helder, y Margaux Chanet pensaba: No debería estar aquí. Miraba las montañas, las casas y los graneros, la gran atalaya y el pequeño calvario en el cruce de caminos. Mientras todo se difuminaba en el lento descenso de los copos, seguía mirando y pensando: No debería estar aquí.

Has venido, dijo una voz en neerlandés a su espalda. Jorg, dijo ella sin volverse. Margaux Chanet, prosiguió la voz, habrá sido necesaria la muerte para convocar a los aparecidos —Jorg Helder, dijo ella, habrá sido necesaria la muerte para que dejes la ciudad. Avanzó hasta donde estaba Margaux. La muerte es asunto mío, pero siempre he odiado este puñetero campo, dijo con un suspiro. Ella lo miró de arriba abajo. Despeinado y desaliñado incluso en el entierro de su hermano, pensó —Elegante a más no poder, observó él, el luto por un amigo te sienta de maravilla.

No pensaba volver a verte algún día, dijo ella.

Un inmenso cielo blanco dominaba el cementerio mientras avanzaban hacia la tumba, donde un desconocido decía en neerlandés: Y, bajo la nieve, huyeron para siempre. Paule, la madre muy querida, se apretaba una rosa contra el pecho; a su derecha, Anna, la mujer de Thomas, miraba un punto en la lejanía; Sanne, la hermana del difunto y de Jorg, lloraba con la cabeza gacha; frío y ausente, Jan, su padre, tenía el mismo porte erguido y rígido de siempre. La Santísima Trinidad, pensó Margaux, observando a los tres últimos, qué poca sintonía con su ser querido. No sabía quiénes eran algunos de los presentes, pero reconoció a ciertos allegados y parientes de los Helder. Sobresaltada, descubrió la silueta de Hendrik, algo apartada. Jorg seguía a su lado. Avanzan las sombras, pensó de pronto mientras la luz declinaba y otro desconocido tomaba a su vez la palabra.

Por desgracia, las sombras, dijo, y luego calló, embargado por la emoción. Era guapo, tenía la tez pálida y los ojos claros. Se parece a Thomas, pensó, ¿será su hijo? Por desgracia, prosiguió el joven, no conocí bien a mi tío. Ah, no, se corrigió, en qué estaré pensando, es el hijo de Sanne, ¿cómo se llamaba? Las sombras avanzan y no las vemos, prosiguió el sobrino de Thomas y de Jorg, la oscuridad se cierne y no la vemos, la noche se prepara y no la vemos. Un día, sin embargo, las descubrimos a plena luz, las sombras, la oscuridad y la noche, y comprendemos que el mundo en el que hemos vivido ha muerto. Se interrumpió. Murió hace tiempo, añadió, y ella pensó: Recuerdo este texto, el otro orador también recitaba un texto de Thomas.

El joven calló, Margaux se cruzó con su mirada. Se había levantado un viento suave y húmedo, la nieve se arremolinaba con ligereza, borraba las montañas, las casas y los graneros, el tejado de la iglesia, la atalaya, la cruz negra del calvario y, bajo las nubes oscuras, también los rostros. De un recoveco de su memoria surgió el rostro de Thomas, y Margaux lo vio como era en tiempos, con ese aire irónico y esa mirada grave. No es él del todo, se dijo, y la nieve barrió el extraño recuerdo. Se hizo el silencio mientras bajaban el féretro. Al fin, cuando arrojaron una rosa a la fosa y los enterradores empezaron a sepultarlo, se fueron todos. Margaux estrechó algunas manos, fue de los últimos en abandonar el recinto del cementerio y se dirigió a pie con Jorg a la casa de los Helder. Allí, pensó: Hans, el hijo de Sanne se llama Hans.

Cómo es la nieve, de noche, pensaba. En ella se convive con otras épocas, otras fuerzas. Caía la nieve y ella pensaba: Se convive con misterios. Por la ventana se veían bailar los copos bajo las luces del granero, y ella pensaba: Se convive con aparecidos.

Jorg Helder, por ejemplo.

Señalando a los asistentes, que, reunidos en la gran sala, iban sentándose aquí y allá a charlar en voz baja o buscaban el calor de la chimenea, mientras servían el vino, Jorg le dijo: Comienza la verdadera ceremonia; las dos familias reunidas, ¿acaso hacía falta otro muerto? Y, al bajar ella la mirada: No soy tu enemigo, Margaux. Alguien les llevó una copa, y se sentaron junto al fuego.

Nos alegra que estés aquí, le dijo Sanne al pasar por su lado, tu habitación está lista, enseguida estoy contigo. Jan se acercó y le dijo más o menos lo mismo, así como otros más, en una torpe coreografía que a ella le resultó más bien cómica. Todo el mundo se alegra de verme, pero nadie quiere hablar conmigo, le dijo a Jorg. Menos yo, dijo él, y añadió: Mi hermana está igual que siempre, pero ¿has visto cómo ha envejecido mi padre? Margaux observó a Jan, su alta silueta austera, su frente ancha y severa. Siempre me ha parecido viejo, dijo —Es el formol protestante y conservador, comentó Jorg divertido.

Fuera, la noche ocultaba el jardín y, a lo lejos, el panorama del valle, los barrancos umbríos, las piedras volcánicas y la áspera vida de la meseta. Las luces del granero barrían la tierra blanca. La grava del camino brillaba. Más allá, la vegetación estaba anegada en una oscuridad que el viento disipaba a rachas bajo los focos; surgía entonces el perfil de las hierbas altas y las grandes rocas, y luego todo volvía a sumirse en las tinieblas. No debería estar aquí, pensó Margaux una vez más, son todo recuerdos y tristeza, no tengo más presente aquí que el de la traición. Cayó en la cuenta de que Jorg le palmeaba la rodilla, indicándole con ese gesto que escuchara. ¿Cuánto tiempo lleva así?, se preguntó. Estoy cansada, me pierdo en los estratos del tiempo.

Thomas pertenecía a Ámsterdam, decía Anna, que se había levantado para hablar, pero quiso pasar aquí los últimos días de su vida. Aquí, en casa de su madre, en el escenario de su infancia. Miró a Paule y luego a Margaux. Parecía más rubia y diáfana que nunca; una esposa transparente a través de la cual se distingue al difunto, pensó Margaux. Pero lo que le gustaba a Thomas de Châteauvieux, prosiguió Anna, eran el silencio y el vacío. Decía: En este silencio y en este vacío, se ve. Cuando le preguntaba: ¿Qué se ve?, se quedaba callado. Al final, sin embargo, me contestó.

Una mujer, murmuró Jorg.

Una mujer, dijo Anna.

Quiso seguir hablando, indicó con un gesto que no podía, y una ola de empatía recorrió la sala. Otras épocas, otras fuerzas, pensó Margaux, mientras las conversaciones se reanudaban en voz baja. Vio a Jan dejarse caer sobre la silla y apoyar la mano en el brazo de Paule. Unidos al fin en la pérdida, pensó, cómo ha envejecido ella también, ¿la vejez viene con la edad o con el duelo? La chimenea desmesurada, las vigas oscuras y las paredes encaladas, el enlosado marrón, los horribles sillones, nada había cambiado, y pensó que, moribundo, Thomas había tenido que soportar todo ese exceso. Fuera, el viento arreciaba, arrojaba los copos contra la cristalera y aturdía las luces exteriores; debe de nevar en toda la meseta, pensó, y, sin saber por qué, eso la reconfortó.

Tanto tiempo después de los veranos compartidos de antaño, la familia Helder y la familia Chanet, representada solo por Margaux, se hallaban reunidas de nuevo en la propiedad, sita en el Aubrac, que había heredado Paule Cambon (Helder por matrimonio), región de la que era ella misma oriunda. Alrededor, la meseta, la landa y las piedras. Más abajo, una aldea, Châteauvieux, en cuyo centro había una atalaya, una iglesia y un cementerio. El resto, una vasta extensión de soledad y espíritu sembrada de relieves verdes y pardos que, en verano, adquirían tonalidades anaranjadas. En la superficie, prados rastrillados por el viento, bosques de gargantas y cascadas, caminos cubiertos y frescas cañadas. Por encima, crepúsculos en los que el cielo volvía a pintar la tierra, albas en las que nacía el mundo y, al final del verano, violentas tormentas que duraban toda la noche. Pero nada de eso se ve a esta hora, pensó Margaux, y la embargó una sensación singular; algo *se aligera*, pensó, observando a su alrededor los seres y las cosas, pese a su carga de duelo y de años, ¿de dónde viene esa ligereza?

Siempre he odiado las vacaciones en Châteauvieux, dijo Jorg, sacándola de su ensimismamiento. No había un solo momento en que no me aburriera como una ostra, esperaba el final del verano como el prisionero su liberación, pero hoy reconozco, pese a todo, que es hermoso —Ya lo era entonces, y tú también eras ya un plomo, dijo Margaux. Él se rio, alguien pidió silencio haciendo tintinear una cuchara contra un vaso, y Sanne se levantó. Sonrió nerviosa y cruzó los brazos sobre el pecho. Thomas era un hombre bueno, empezó diciendo, y Jorg soltó una risita en voz baja. La oración fúnebre de santa Sanne, le murmuró a Margaux.

Thomas era un hombre bueno y un escritor de talento, prosiguió Sanne. Nunca entendí gran cosa de sus libros, dijo con una sonrisita, y los presentes rieron con tacto, pero conocía a mi hermano: estaba contenido en ellos por entero. De ahí a reconocer que tampoco entendía gran cosa de Thomas —nueva sonrisa, nuevas risitas discretas— no hay más que un paso. Soy Sanne, la hermana, la confidente, la que nunca hizo mucho más que estar ahí. No he tenido una carrera como mi otro hermano, Jorg, el mesías de la política —no lo miró—, o como Thomas, el de las letras —miró a Anna—, pero estuve ahí, espero, y lo estuve también el último día. Lo que es un último día..., dijo, y se le quebró la voz. Calló un momento. Thomas estaba tumbado delante de la ventana, prosiguió, había una bruma transparente sobre el valle, digo transparente porque se veía la cima de la atalaya, el tejado de la iglesia y, en el horizonte, el estrecho de Rodez. Todo lo demás estaba oculto, pero Thomas señaló algo con la mano y dijo: Allí, ¿lo ves? Y lo vi: era muy hermoso, la bruma ascendía y, lentamente, iba difuminando todo el paisaje. Bajó la cabeza y la levantó de nuevo. Las lágrimas resbalaban por sus mejillas.

Entonces, en medio de esa belleza, murió.

Hizo un gesto que significaba: no puedo seguir. Paule se levantó y la abrazó, Jan lloraba.

Santa Sanne mejora con los años, dijo Jorg, su discursito me ha llamado la atención, puede que la lentitud no sea un vicio, a fin de cuentas. Yo también soy lenta, dijo Margaux sorprendida, y nunca me lo has reprochado. No, dijo él, Margaux la arquitecta es meticulosa, pero la mujer siempre ha sido rápida; en cuanto a Thomas, era lento de otra manera, me refiero a que su lentitud era voluntaria, lo convertía en el escritor que era, él odiaba nuestra velocidad —Odiaba sobre todo el poder, dijo Margaux —Es lo mismo, replicó Jorg, la velocidad va con el poder, con esa corrupción, con esa avidez. Aquí es otro mundo. ¿Qué crees que buscaba aquí al final? ¿A una mujer? Habrá sido necesaria la muerte para que comprenda a mi hermano.

No buscaba nada. Quería una última cosa.

Una última ceremonia.

Hay lugares que están hechos para esa búsqueda, prosiguió Jorg, y desde esta mañana pienso en un paisaje. Es un disparate que vuelva a pensar en ello hoy, pero, a decir verdad, ese disparate es sabiduría; me horroriza la naturaleza y, sin embargo, desde esta mañana pienso en ese paisaje perdido. Pensativo, hizo girar la copa entre los dedos. ¿Te acuerdas de Martijn Dekker? Ella asintió con la cabeza. Claro que te acuerdas, todo el mundo sabe quién era Dekker. Pues resulta que, además de todas sus riquezas, ese cabrón tenía diez casas, y al menos una de ellas no la conocías.

Nadie la conocía.

Sus otras propiedades serían para ti una pesadilla, como arquitecta que eres: estaban concebidas para expresar a un tiempo el poder y el puritanismo. En Ámsterdam, en ese viejo hotel sublime sobre el Amstel, logró aunar fealdad y rigidez, y, cerca de Róterdam, mandó construir ese adefesio en pleno pólder que visitaste, creo, y, como si eso no bastara, estaban también esos árboles podados como merengues, esos edificios opulentos pero abotargados, esos jardines sin gracia alguna. A la inversa, no tengo ni la más remota idea de por qué compró esa cabaña, pero, hace diez años, en 2009, me hospedé allí una noche. Había acompañado al primer ministro a Schoorl para no recuerdo qué acto, cuando nos dijeron que Dekker estaba muy cerca, en su casa de verano, lo menos parecida a una cabaña. Ve, me dijo Peter antes de marcharse, y yo fui, como buen consejero que responde en nombre de su príncipe a la invitación de un socio poderoso.

He conocido a muchos empresarios influyentes, pero ninguno como él, y no solo porque podía hacer y deshacer gobiernos: Dekker era el diablo, el diablo con traje oscuro, sentado bajo un cuadro con una escena de caza en un comedor del tamaño de una pista de patinaje. Por supuesto, como en toda mesa protestante que se precie, el vino servido en jarras de cristal fino era peleón; al empezar la cena, Dekker dijo: Los que son como usted están acostumbrados a caldos mejores, pero, en mi casa, la vida no se juega en la mesa, y se rio con todo el desprecio del que era capaz, que era mucho. *Los que son como usted*... Supongo que no hace falta que te lo explique: ustedes los demócratas, los libertinos, los liberales, los débiles, los gais. Encajé el primer insulto sin pestañear, pues todo buen estratega sabe que el enemigo se cansa a fuerza de dar estocadas. Siguió así un rato, hasta que se aburrió, y yo pensé que estaba cenando con el diablo, aquel cuya sola presencia te corrompe. Estaba seguro de que ese hombre había matado al menos una vez en su vida o, si no lo había hecho, la *posibilidad* de hacerlo estaba ahí. Estábamos a tres metros de distancia, conforme avanzaba la cena, hablábamos cada vez más bajo, al final nos limitamos a observarnos por encima de los candelabros, y creo que esos golpes contenidos constituyeron el enfrentamiento más brutal de toda mi carrera. ¿Qué consecuencia tuvieron? Una línea directa con el diablo que le fue útil a Peter en sus últimos años al frente del gobierno, pero, para cuando llegamos al coñac barato, yo estaba exhausto, quería huir, y el diablo lo sabía. Creo que a la gente como usted le gustan los baños, dijo, y se levantó; yo lo imité, me estrechó la mano y, ante los despojos de las liebres del cuadro de caza, ordenó que me llevaran a la cabaña.

Sujetando la puerta del coche, preguntó: ¿Por qué permanece en la sombra? Vale usted más que los petimetres a los que sirve, Peter Veerman el primero. Por eso precisamente, contesté. Enseñó los dientes como un perro y cerró la puerta con una delicadeza sorprendente. Media hora después, llegué al lugar.

La cabaña era un antiguo puesto de observación del litoral adquirido a la provincia de manera ilegal. Calló mientras Paule se acercaba y se inclinaba sobre Margaux para besarla. ¿Vas a querer decir unas palabras esta noche?, preguntó. Sonreía con amabilidad. ¿Cómo es posible?, pensó Margaux. Negó con la cabeza. No puedo, dijo, sabes que pidió que viniera y no vine. Por eso precisamente, dijo Paule. Margaux siguió con los ojos a la mujer alta y morena mientras se alejaba, volvió a sentarse junto a Jan y le acarició la mano a Sanne. De ella le venía a Thomas su singularidad, pensó primero, y luego: No puedo, de verdad que no puedo, sería una segunda traición. Cuéntame lo de la cabaña, le dijo a Jorg, mientras este se bebía el vino en silencio —¿En lugar de comentar tu suplicio?, preguntó él. Aquí todos te aprecian, Margaux.

La invadió una oleada de emoción, mezclada con nieve, pesar y un dolor intenso en el que dominaba la idea de que Thomas había muerto a los cuarenta y seis años y que sería joven para siempre.

Eso es, dijo Jorg como si le hubiera leído el pensamiento, mientras que nosotros envejeceremos y, conociéndome, será feo. Pero volvamos a mi choza en las dunas de Schoorl. Eres una constructora maravillosa, Margaux, te gustan las edificaciones humildes y sublimes, tienes predilección por lo discreto, las sombras, las cosas desnudas: esa cabaña es tu sueño como arquitecta. ¿Por qué diablos había diseñado el diablo ese confeti de perfección que parecía colocado en el tejado del mundo? Estaba en lo alto de una duna desde la que, por encima de otra duna, se veía la orilla o, por decirlo de otro modo, el vacío: esa larga franja pálida que el agua, la arena y el viento apenas alteran y que, desde Zelanda hasta Holanda septentrional, llamamos nuestra costa. La puerta trasera del antiguo puesto de observación estaba entornada y entré en una habitación que se abría a una terraza. En el centro de dicha habitación había una cama, un cabecero y una lámpara, todo de un gusto exquisito, sencillo y sobrio. Junto a la lámpara, un jarrón élfico, nunca había visto nada así, era blanco, ligero, vaporoso: una nube. En la terraza, una tina rectangular alrededor de la cual una mano invisible había dispuesto faroles escandinavos. Los tabiques, la terraza y la tina estaban revestidos de una madera clara, del todo lisa y mate. Y, frente a la terraza: el panorama soberbio de un vacío hecho de cielo, arena y mar mezclados.

Era julio, hacía más calor de lo habitual. Yo venía de un territorio de violencia y fealdad, y esa belleza repentina me dejó estupefacto. Me desvestí y, desnudo, entré en la tina.

Ahí estoy, chapoteando en el agua tibia frente a la costa del Norte, a solas en ese derroche de gracia en el que me veo tal cual soy: gordo, fofo y discorde. Gordo y fofo, pero peligroso, dijo Margaux y, al reparar en su sorpresa, añadió: Esto me lo dijo Todd un día. Ah, dijo Jorg, pobre corazón, me quería de verdad, pero ¿qué puede tener de peligroso un viejo gay de los canales? ¿Has perdido alguna vez unas elecciones?, le preguntó ella. Él la miró. Perder o ganar, dijo, como si eso importara.

Lo que importa es el instante en el que el gesto se convierte en belleza.

En el que, por ejemplo, logras tus fines sin batalla. En ese sentido, Thomas y yo perseguíamos lo mismo: derrotar al adversario sin luchar. Pero volvamos a nuestra cabaña, porque es otra batalla, otra renuncia. Como te iba diciendo, estaba varado en mi confeti de pureza y meditaba en soledad. Pensaba que había dicho sí simultáneamente al diablo y a lo imposible: a algo posible en este imposible que es la vida. ¿Existe una desnudez tal, una belleza tal? ¿Puede uno abrazar esa costa, esas dunas, esa tina y esos misterios de la noche? Porque había allí un gran silencio y un vacío habitados por murmullos y presencias, yo contemplaba la orilla y, sobre el fondo de un cielo cuajado de estrellas, los juegos de luz y de sombras sobre la landa, bajo el claro de luna, eran perfectos, naturalmente. Y, mientras me sumo en una lenta ensoñación, ocurre algo tenue pero inmenso: se acerca una nube. En la calidez de la noche caen unas gotas y, un instante después, el aguacero toma posesión del mundo y todo se vuelve a su imagen.

Todo se vuelve transparente.

El espacio, el tiempo. Me resulta imposible describirlo, Margaux, imposible; pero tú lo comprendes, lo sé, aunque todavía no quieras saber nada de todo esto. ¿Crees que Thomas, para quien poseer era algo irrisorio y a quien le gustaba viajar ligero de equipaje, volvió aquí, al lugar de los hombres que solo piensan en tierras y en bienes, al lugar de las disputas por herencias que se pierden en la noche de los tiempos, de las chimeneas demasiado grandes, de las paredes demasiado gruesas y de los muebles demasiado pesados, porque le gustaba Châteauvieux? A Thomas solo le gustaba Ámsterdam, pero Ámsterdam no brinda silencio, Ámsterdam no brinda vacío, Ámsterdam no brinda transparencia.

Margaux recorrió con la mirada la sala surcada de sombras, a ella, sin embargo, le parecía estar sentada bajo un haz de luz. De las vigas descendía una fragancia a madera y a humo que le era familiar, mezclada con un olor desconcertante.

¿Sabes lo que se ve a través del espacio y del tiempo cuando se han vuelto transparentes?, prosiguió Jorg. Pasé una única noche en esa cabaña, frente a esa inmensidad de claroscuro, y solo pensé en Jean.

A través de la nada se discierne lo invisible.

Vi a Jean, Margaux, con unos ojos que no sabía que tenía; ella sintió que se le encogía el corazón, se tensó ante la expectativa del dolor, Jean, mi hermano, pensó, y vio su rostro ensombrecido por la ira y la decepción. Jorg se incorporó apenas en el sillón y bebió un sorbo de vino, pero Margaux sabía que estaba alerta, en una noche de duelo, pensó, se convive con otros mundos, con otras fuerzas, con enemigos: Jorg Helder, por ejemplo. No soy tu enemigo, Margaux, solo soy el enemigo de tu enemigo, dijo, como si, de nuevo, le hubiera leído el pensamiento, pero, mira por dónde, por esta vez te va a salvar la joven guardia, añadió, y le guiñó un ojo a Hans, que se acercaba. Es, con diferencia, el más interesante de la pandilla, murmuró, y eso que tiene por madre a santa Sanne y por padre a un semimeapilas. Qué guapo es, pensó Margaux mirando al joven, joven y guapo como lo será Thomas para siempre, guapo de la misma manera, por simbiosis del alma.

No quiero molestarla, dijo Hans en neerlandés, solo quería decirle que me alegro de conocerla —Siéntate con nosotros, le dijo Margaux, él pareció sorprenderse, pero acercó un sillón para sentarse frente a ella y prosiguió: Bueno, la conocí cuando era niño, pero apenas me acuerdo. Se rio. Parece que, de un tiempo a esta parte, estoy aprendiendo a conocer a las figuras más importantes de —buscó la palabra adecuada— mi familia, o quizá de mi vida. ¿A quién más has conocido estos días?, preguntó Margaux. A mi tío Thomas, contestó él, antes no lo había tratado mucho, yo estudiaba en Oxford, primero en el instituto y luego en la universidad, solo volvía a casa en vacaciones. ¿Cómo es Oxford?, preguntó Margaux. Él sonrió. Virtuoso y lluvioso, dijo. En francés, rima, observó ella.

—Ah, suspiró él, entiendo el francés, pero lo hablo mal. En cualquier caso, cuando estaba aquí, Thomas solía pasarse casi todo el tiempo encerrado en su habitación escribiendo; los últimos años cada vez venía menos, y usted hacía siglos que no aparecía por aquí, pero en sus últimos días habló conmigo. ¿Sabe?, durante mucho tiempo he sentido que vivía entre fantasmas, pero, esta vez, Thomas me habló mucho de sí mismo, y también me habló de usted.

Toma ya, la historia entera servida en bandeja, le dijo Jorg a Margaux, pero Hans hizo caso omiso de él. Me habló de los veranos que pasaban aquí todos juntos, prosiguió, de sus años de infancia y juventud en Ámsterdam, de la amistad de sus padres, de la amistad de todos. Pero, sobre todo, me habló de usted. Decía: Margaux era increíble, nos daba igual si era guapa o fea, nos daba igual su tipo, su mirada, todo eso se nos olvidaba, solo pensábamos en una cosa: su elegancia. Yo nunca había visto nada igual. No sobraba nada, todo era perfecto, la veías y pensabas: Es tan sencillo. Una silueta, una mirada, y luego todo se desvanecía, salvo una cosa —Una mujer, murmuró Jorg, —Una mujer, dijo Hans, o más bien su esencia, eso es lo que me dijo Thomas de usted. ¿Era usted la mujer a la que él veía aquí, en el silencio y el vacío de la meseta? No, contestó Margaux, la mujer que Thomas veía no existe, está en todas sus novelas, pero nadie ha sabido nunca quién es —Quizá él lo supo al final, dijo Hans. Margaux observó al joven, admiró su sagacidad. Qué guapo y qué inocente es, pensó, y volvió a sentir el mismo dolor, el de la juventud irrevocable de Thomas.

Y también me habló de Jean, dijo Hans.

Lo que tememos más que a la muerte misma, pensó Margaux.

¿Quizá no quiera oír esa parte?, preguntó Hans.

Has acertado, dijo ella.

Pero me parece importante, insistió Hans.

Lo que tememos más que a la muerte misma son los fantasmas, pensó ella.

Habrá una reunión de los amigos de Thomas la semana que viene en Ámsterdam, prosiguió el joven, pero, como ha visto, hoy ha venido Hendrik. He visto, sí, dijo ella, y él sonrió: Bravo, se las ha apañado para no coincidir con él —La velada aún no ha terminado, dijo Jorg con una risita, pero tampoco entonces le hizo caso Hans, y prosiguió sin mirarlo. Thomas decía: Jorg, el estratega, era el más reflexivo y peligroso; Hendrik, el táctico, el más rápido y despiadado; Jean, el hombre de letras, el más elegante (el sello de los Chanet), nacidos todos para conquistar e indiferentes a la gloria. El único lento de los cuatro era yo: quería ver y escuchar el paisaje.

Hans calló. Margaux observó a los presentes, reunidos en la casa de los Helder, observó a los padres de Thomas y a los pocos allegados de Châteauvieux y de Ámsterdam que compartían esa intimidad. Somos unos treinta, pensó, serán trescientos en el Keizersgracht, estarán todos los círculos, todos los amigos, todos los admiradores. Sus pensamientos derivaron hacia la época en que las dos familias vivían una al lado de la otra en los canales, y, de nuevo, la visión del rostro de Jean le hizo daño.

Voy por un poco de vino, dijo Hans, y se levantó —Excelente idea, comentó Jorg, y le dijo a Margaux: Thomas quería una última ceremonia, pero, para ti y para mí, empieza ahora, porque la vida de los muertos es asunto nuestro —¿Cómo piensas dar vida a este?, dijo Margaux con una risita. Jorg Helder siempre jugaba con ventaja, añadió, Todd decía: Es gordo y fofo, sí, pero, hagas lo que hagas, cuando tú vas, él vuelve. Jorg sorbió por la nariz y sacó un pañuelo gigante del bolsillo. La rapidez, dijo, es cosa de tácticos.

El hombre peligroso es el estratega, y el estratega solo persigue una cosa.

La descomposición moral del adversario, dijo ella, algo que exige lentitud, ¿a eso juegas conmigo esta noche? Ah, Margaux, contestó él, ¿no ves que todo esto es para ti, que es mi último regalo? ¿Desde cuándo hace regalos Jorg Helder?, preguntó ella —No me has escuchado, suspiró él, solo busco vencer sin luchar, las mejores partidas se juegan sin cruzar espadas, por eso te hablo de la cabaña y de la tina metamorfoseadas bajo la lluvia.

De esa lentitud, de esa transparencia.

Se interrumpió al volver Hans con una botella. La lentitud de Thomas, dijo el joven, buscando las palabras mientras servía el vino —Es inteligente, el chaval, dijo Jorg, estoy tentado de cambiar mi opinión sobre santa Sanne y el devoto de su marido —A Thomas la lentitud le ofrecía cierta densidad de la vida, prosiguió Hans, del paisaje de la vida; lo entendí al final de nuestras conversaciones.

Lo entendí cuando me habló de Jean.

Ahí lo tienes, le dijo Jorg a Margaux, el chaval sabe ir al meollo de las cosas, pero volvamos a lo que nos ocupa, si no tienes inconveniente: nos habíamos quedado en Schoorl, con mi culo gordo metido en ese baño de perfección. Había empezado a llover, y, en la transparencia del aguacero, descubrí una sed que no sabía que tenía, una sed desesperada, Margaux. Soy un hombre sin piedad, pero venero la belleza, en ella hay algo tan profundo, tan oscuro, que sueño con ahogarme en ella, una oscuridad en la que lo que ciega hace ver, lo cual me trae de vuelta a nuestra cuestión presente.

Jean. Lo vi. Estaba ahí. En esa belleza.

Jean no era solo tu hermano menor y el alma gemela de mi hermano menor Thomas: yo lo quería. Os quería a todos, a Thomas, a Jean y a ti, os quería juntos y por separado, me encantaba vuestra juventud y vuestro talento, vuestra gracia y vuestra amistad, pero a Jean lo quería de otro modo además: como quiere uno lo que va a perder. Lo que no sabía era que me sería devuelto un día en la desnudez y el silencio de una cabaña consagrada a la adoración de la belleza; algunos lugares y algunos usos tienen el poder de volver transparente el muro que nos separa de lo invisible, y voy a contarte lo que Martijn Dekker, el hombre que también era el diablo, me brindó después, pero antes de eso tengo una pregunta para ti: ¿qué haces aquí, Margaux? Ella se estremeció pese al calor del fuego. ¿Qué hago aquí?, pensó. Busco las huellas borradas de mi hermano mientras escucho a un viejo zorro darme una lección de estrategia.

Casi nada, dijo Jorg riendo, pero Hans lo interrumpió —Cierta densidad de la vida, dijo el joven, por eso escribía, pues esa es la finalidad de la novela, que se sienta esa densidad, ¿verdad? Llegar al meollo, allí donde todo es a la vez más denso y está fuera del tiempo, ¿no? Es la finalidad de la belleza, dijo Jorg, todo eso de la madera lisa, esos jarrones como nubes, esa sabia desnudez y esos aguaceros divinos, ¿crees que solo están de adorno? Lo entendí cuando me habló de Jean, prosiguió Hans, me dijo: Cuanto sé de Jean es que ahora existe de una manera maravillosa, ya no es forma, ya no es materia, ya solo es presencia. ¡Anda!, exclamó Jorg, ¡por muy inútiles que sean sus padres, el chaval se salva! ¿Presencia?, repitió Margaux. Pues yo solo siento su ausencia. Es lo que vino a buscar aquí, dijo

Hans, un último encuentro, una última complicidad, más intensa, más fuerte que las demás. Jorg aplaudió y dijo: Cada vez mejor, es de los nuestros; pero reitero mi pregunta: ¿qué haces aquí, Margaux?

Aquí, donde tu amigo Thomas, el alma gemela de tu hermano Jean, vino a morir a su vez.

¿Oirás algún día a los que te hablan?, prosiguió. Aquí, en el Aubrac, es posible un encuentro así.

El Aubrac es un vasto vacío cruzado por el soplo de la tierra, dijo Hans, he visto todo lo que ha hecho, todas sus edificaciones: las casas, los teatros, los museos, los memoriales..., y veo en ellas la meseta. ¿A qué piensas dedicarte?, le preguntó Margaux. Él sonrió. Tenía un hoyuelo encantador. Mis padres me ven de abogado, pero yo quiero ser escritor como Thomas y como Jean. No se quiere ser escritor, se escribe y punto, se burló Jorg, esos gilipollas de Oxford quieren construir la casa por el tejado, pero tengo el pálpito de que este mocoso llegará lejos. Hans se rio. Pese a que tengo la sensación de que la literatura ya no sabe ser amplia, prosiguió, sueño con textos inmensos barridos por vientos inmensos. ¿Y el vacío?, preguntó ella. Él reflexionó un momento. Será quizá la cuestión de mi vida, contestó, pero por ahora tendrá que esperar, mi madre me hace gestos desesperados, voy a echar una mano en la cocina, y, si quiere, vuelvo luego.

Qué majete, dijo Jorg mientras Hans se alejaba, quiere escribir obras maestras, pero obedece a santa Sanne cuando las cosas se ponen interesantes. Pues todo empieza con el vacío, Margaux, y en particular nuestra cuestión, me refiero a esa ceguera y esa sordera a las que te agarras con todas tus fuerzas y que trato de sanar hablándote del pasado lejano. Sé, pues lo viví, que lo que ocurrió en esa cabaña era una ceremonia de la única índole que podría salvarte. ¿Recuerdas que concebí mi carrera de manera que no tuviera que bajar nunca al campo de batalla y que he ganado casi siempre? Soy un hombre brutal, pero la estrategia no es un deporte de combate, es una creencia en la superioridad del espíritu: estaba maduro para ser instruido. Por desgracia, hoy ya nadie cree en el genio de los estrategas, nuestro tiempo ya no tiene devoción por las ideas, el chaval tiene razón, ya nada es *amplio*, y la política, ese arte de la inteligencia, se ha convertido en su contrario; pero estoy divagando, esta noche la política me trae al pairo, solo quiero contarte el alcance de mi sabiduría surgida de una cabaña hecha para una digna celebración.

¿Ves a tu holandés gordo y fofo chapoteando en su parcela de imposible? Este piensa que los baños nocturnos son meras trampas para la belleza, y sabe que la belleza, a su vez, es una trampa destinada a capturar el espíritu. Entonces, deja de pensar, y una emoción desconocida se apodera de él: está *ahí* sin tener que *estar*, una quietud inesperada lo embarga. Era una pasada, Margaux, estaba presente en la escena, lo veía y lo oía todo, el paisaje, el sonido de la lluvia y el de mi respiración, el rumor del oleaje, y, sin embargo, con una ligereza increíble que no he vuelto a sentir jamás, me había desembarazado de mí mismo.

Sí, desembarazado de mí mismo, de ahí que antes te haya dicho que todo empieza con el vacío. ¿Mediante qué sortilegio llevaban al olvido de uno mismo ese paisaje de lluvia, esos sonidos que no se oponían al silencio? Tienes que imaginar que, en el baño de Schoorl, todo cuanto constituye la maldición de la vida de Jorg Helder —velocidad, poder y adversidad— ha desaparecido del paisaje. Está solo ante una única certeza: la vida es más densa allí donde no ocurre nada.

O muy poco. Helo ahí, ligero, desvanecidas toda pesadez, toda gordura, y siente de nuevo una sed desesperada. Sé que hablo de mí en tercera persona, Margaux, pero, en ese punto de la noche —en ese punto de la ceremonia—, el hombre llamado Jorg Helder ya no es un *yo*, y es así como, liberado de sí mismo pero intensamente vivo, se encuentra con el otro: se encuentra con Jean. ¿Qué se ve a través del tiempo y el espacio ahora transparentes? ¿Siluetas desprovistas de carne, susurros, complicidades furtivas? Y, de pronto, una imagen nítida: Jean y Thomas en el despacho del primer ministro Veerman, en la época en la que le redactaban los discursos; joder, qué guapos eran, parecían Chet Baker y James Dean, tenían treinta años de edad y mil de talento, eran jóvenes, agudos, *precisos*, y, entonces, al bueno de nuestro estratega, sumergido aún en el agua tibia, se le presenta el rostro sonriente de Jean, contempla la larga costa del Norte, bajo el claro de luna, y descubre que él, Jorg, está llorando.

Que lleva años llorando.

No lloré al enterarme de que se había matado, porque le había suplicado a la muerte que me cambiara por él, pero su respuesta fue la venganza más cruel. Sabía que Jean moriría y recibí la noticia sin llorar, pero, en realidad, sí lloraba, mi llanto era de esos llantos sin lágrimas que solo nos restituye una ceremonia adecuada. En el baño de Schoorl era necesario que todo lo que constituía la maldición de mi vida desapareciera y solo quedara de mí *el espíritu*, para que pudiera al fin llorar en conciencia a mi joven amigo desaparecido. Ay, suspiró, señalando con la barbilla a Anna, la mujer de Thomas, que se acercaba a ellos, habrá que esperar para el resto del relato, justo cuando estaba llegando a un punto decisivo.

No quiero molestarte, le dijo Anna a Margaux, solo quería avisarte de que, cuando todos se marchen, tengo que hablar contigo y darte la carta de Thomas, estás al corriente, ¿verdad? No, contestó Margaux. Anna le estrechó la mano brevemente. Creía que sí, en cualquier caso, me alivia que hayas venido, le dijo, y se alejó. Caray, dijo Jorg, de eso justo quería yo tratar, reclamando una respuesta que creo conocer ya, pero ¿quién puede pretender saber lo que aún no ha escuchado? Has venido, esta vez, has recorrido todo el camino hasta aquí después de haber estado lejos tanto tiempo; por eso te pregunto, Margaux: ¿por qué huiste tras la muerte de Jean?

Una noche de nieve: una misa de difuntos a la que acuden enemigos, pensó Margaux. Gruesos copos tupidos caían sobre el claroscuro del jardín, y Jorg dijo: El Aubrac es una iglesia, una iglesia para bodas y funerales. Una ráfaga de viento arrojó los copos contra los cristales, y añadió: La nieve era en Ámsterdam, aquí solo pasamos unas pocas noches de Fin de Año, ¿te acuerdas? Era aún peor que en verano, pensaba que me iba a morir de cansancio y de aburrimiento, entre las caminatas, la naturaleza y esa estupidez de fogatas: pura barbarie. En Ámsterdam, en Fin de Año, bajábamos al canal a medianoche, bebíamos vino con los vecinos, contemplábamos las fachadas iluminadas: la civilización. ¿Sabes que fue un 31 de diciembre, en 2001, cuando les anuncié a Jean y a Thomas que iba a llevar la campaña de Peter Veerman y les pedí que trabajaran para mí redactando los discursos? Tenía gracia, Margaux, y también era trágico, claro. Les dije: Puesto que os creéis incorruptibles, venid a obrar por el Mal. Thomas contestó: El Mal eres tú, te seguiremos hasta el infierno porque te queremos. Jean se rio y dijo: Porque te queremos, ya estamos en el infierno; pero yo sobre todo oí *ya estamos en el infierno*, y bebimos champán para sellar nuestro pacto fraterno.

Después obraron, crecieron, brillaron y, como todos los demás, pero no tan deprisa, se corrompieron. Luego Thomas se marchó, mientras que Jean siguió, aun sabiendo que se perdía. A los diez años justos de la noche del pacto, estaba en el despacho de Peter cuando vinieron a comunicarnos su muerte —Sabías que se hundirían, lo interrumpió Margaux —Nadie escapa a la miseria del poder, replicó él, pero estaba convencido de que tardarían más que los demás y que tendrían ambos el buen tino de marcharse a tiempo. Por otra parte, ¿qué mal, próximo o lejano, lo mata a uno? ¿Cuál es el verdadero culpable? ¿La droga, el poder, una constitución frágil, un padre indiferente, una madre ausente, una hermana demasiado querida, demasiada pasión, demasiado talento, demasiada lucidez, demasiado de todo? ¿O no lo suficiente? Vas a cumplir cincuenta años, yo pronto tendré sesenta, ¿aún hay tiempo de mentirnos, después de la batalla, después de la derrota? En verdad, fracasamos siempre por la misma razón, mírate y mírame a mí: tú has construido grandes obras, yo he propiciado grandes destinos, pero la vida es un duelo en el que cada uno pone en juego lo más valioso que tiene; sin embargo, que yo sepa, ni tú ni yo hemos librado aún ese combate.

Volvió la cabeza hacia las cristaleras barridas por los copos y prosiguió: Thomas sabía que las verdaderas causas se nos escapan, a no ser que penetremos el territorio de lo secreto, y, por eso, si quieres, me gustaría volver allí, me gustaría volver contigo a la tina secreta en la que ocurría lo imposible. Comprende, Margaux, que eso pasó una sola vez, pero para toda la eternidad: el gordo de Jorg contempla ahora el paisaje transfigurado por la lluvia; contempla la lentitud y la transparencia del mundo con la esperanza de que, de nuevo, eso metamorfoseará el espacio y el tiempo.

Y, en efecto, los metamorfosea.

Sopla una brisa y en alguna parte suena un carillón. En el corazón del vacío y del silencio, resuena como un gong, y es tan hermoso que, para el hombre a quien ya no le importa ser Jorg Helder, el mundo se convierte en *presencia*, lluvia y arena, lentitud y eco cristalino.

Entonces, Jean lo toma de la mano.

El Jean de antes del poder, el Jean de antes de la droga, el Jean de antes del suicidio. Está ahí en la amistad. Su respiración pausada lo acaricia y pauta la suya. Jorg no tiene que pensar en él, están juntos, y esa fusión sin esfuerzo lo colma. ¿Acaso es necesario que te lo vuelva a decir, Margaux?, la vida de los muertos somos nosotros: ¿concibes tú tus casas del vacío para recibir en ellas a tus difuntos? ¿Dónde y cuándo estás con ellos? ¿Con tu amigo Thomas? ¿Con tu hermano Jean?

¿Y tú?, preguntó Margaux, ¿dónde y cuándo estás con ellos? Esa es una pregunta de verdad, contestó él, pero ya sabes la respuesta, aunque intentes olvidarla esta noche: la muerte es asunto mío, pero déjame que te explique lo del gong mágico. Cuando tintineó el carillón, oí resonar en mí un pensamiento: la belleza te adormece en su lentitud, estira la duración hasta volverla evanescente, y entonces hace sonar de repente un gong en el aire inmóvil, y oyes el eco de la verdad. En la brecha abierta por ese eco, volví a ver el canal justo cuando iba a tu encuentro, bordeaba el Prinsengracht bajo la lluvia jadeando, empapado; Jean se había matado, y me traían sin cuidado la belleza, el sueño y el cielo, solo quería unir mi dolor al tuyo. Pero, durante el baño de Schoorl, se me apareció todo de otra manera: observé al gordo de Jorg avanzando jadeante y sudoroso, lo vi recuperar el aliento y escudriñar el canal, y, desde mi posición avanzada en tierra de transparencia, supe lo que había visto allí; no te imaginas la paz que me brindó esa visión, Margaux, para eso necesitas tú también una ceremonia adecuada, y permíteme que vuelva a lo del carillón sonando al viento. Todos conocíamos tu dolor, pero lo que ninguno de nosotros comprendió entonces era por qué te marchaste sin una palabra. Sin embargo, en el preciso instante en que sonó el carillón, la razón probable resonó tan fuerte en mí que creí conocerla desde siempre.

Fuera, el viento arreciaba, una rama desnuda golpeó una ventana, Margaux se sobresaltó. El Aubrac, tierra de réquiem, pensó. Se volvió hacia las cristaleras y contempló caer la nieve sobre vivos y muertos.

¿Cómo puedes vivir si huyes de tus muertos?, preguntó Jorg.

En realidad, vives, pero te asfixias cada día un poco más, prosiguió Jorg. Trabajas, viajas, sigues trabajando, ves gente, mucha gente, todo el tiempo. Diseñas edificios para algunos, con otros los construyes, comes, bebes, lees, sales, organizas cenas en casa, duermes —muy poco— y vuelves al trabajo.

No lloras nunca.

Pero te asfixias, y crees que tus casas están vacías porque buscas en ellas el aire que te falta. Ella lo miró y pensó: Porque la vida se escapa de ellas como de un globo pinchado. Jorg toqueteó distraído su copa y miró a Margaux con tristeza a su vez. Estás arrebatadora cuando dices la verdad, en palabras de Thomas: Lo bonito de Margaux es que la verdad la vuelve hermosa. Sin embargo, te equivocas, tus casas están construidas con un silencio y un vacío deseosos de acoger a tus muertos, cosas todas estas de las que podría haberte hablado si hubieras respondido a su llamada, pero mira lo clemente que es la suerte: te ofrece una segunda oportunidad bajo la forma de una última carta. ¿Una segunda oportunidad?, repitió ella. Nada puede reparar lo imperdonable. No, dijo él, nada puede reparar lo irreparable, lo imperdonable, en cambio, se juega en otro ring en el que quien gana el duelo oye un gong salvador. Margaux soltó una risita hastiada. Todd decía que quienes te subestimaban no vivían para contarlo; yo no soy capaz de plantar cara, ¿sabes?

Alrededor de su enclave de luz se agitaban las sombras de los invitados, Margaux cerró los ojos, sintió dolor, hizo un esfuerzo por hablar. Si supieras cuánto los echo de menos y cuánto echo de menos Ámsterdam, dijo. En Londres vivo rodeada de belleza, pero solo pienso en el cielo sobre mi ciudad perdida. ¿Vives rodeada de belleza?, repitió Jorg. La belleza no es un decorado, es un arte de la vida, no me digas que vives rodeada de belleza porque tienes una vista bonita desde tu ventana, si no, ¿de qué sirve que te dé la murga con lo de la cabaña y el baño transfigurados bajo la lluvia? Ay, suspiró, y eso que eres arquitecta... Cuando se disponía a seguir hablando, se abrió la puerta a la noche, y un hombre con el abrigo cubierto de copos entró en la habitación.

Jorg silbó bajito —He aquí al caballero negro. Una noche de nieve, pensó ella, se convive con enemigos, se convive con fantasmas, Hendrik Clemens, por ejemplo. El hombre fue a saludar a Paule y a Jan, Margaux apartó la mirada. El caballero blanco es en los cuentos de hadas, prosiguió Jorg, el papel del caballero negro es el de darles las armas a los duelistas, ¿recogerás el guante? Margaux, dijo una voz a su espalda —Hendrik, dijo ella. Rodeó su sillón y se sentó en el que había dejado libre Hans. Sus facciones son duras, pensó ella, ¿siempre han sido así de duras? Ha tenido que morir Thomas para que vuelva a verte, dijo Hendrik —Aquí está tu testigo, murmuró Jorg, hazlo, Margaux, te lo suplico: acepta este desafío.

Pero, si vuelvo a verte aquí, dijo Hendrik, es porque lo has dejado todo para no dejar nada. ¿Marcharse es dejar?, preguntó Margaux, y él se rio. Te lo aseguro, dijo, me dejaste, me dejaste de la noche a la mañana, después del funeral, nos dejaste a todos, a Thomas, a Jorg, a Ámsterdam y a mí, pero si has venido aquí hoy es que huiste en vano —Como puedes ver, dijo ella y, de manera inesperada, se sonrieron. Margaux y la verdad, murmuró él, había olvidado esa aleación.

Una ráfaga de viento hizo golpear la puerta del granero, Jan se levantó, cogió el abrigo y se adentró en la noche. Margaux lo siguió con la mirada y pensó: La última vez también hacía mucho viento —El entierro de Jean en Ámsterdam, dijo Hendrik, es la última vez que te vimos y, de paso, que supimos que no habíamos visto venir nada. Ciegos y sordos en la oscuridad: me he pasado los últimos once años dándole vueltas a eso —Pero te casaste, dijo ella —En una mañana desaparece toda una vida, prosiguió él, y volvió a sonreírle: Me casé jurando no volver a estar ciego nunca más. Bien por ti, dijo Jorg, aunque la semiceguera sea la maldición de los tácticos, solo el estratega conoce al enemigo como a sí mismo, si no, ¿por qué necesitarían los ejércitos un comandante? No es a ti a quien no veía, le dijo Hendrik a Margaux, sino a mí mismo.

La puerta se abrió y apareció Jan; les indicó con un gesto a Hendrik y a Sjoerd, el marido de Sanne, que fueran a ayudarlo. Ahora vuelvo, dijo Hendrik levantándose —Siempre lo he apreciado, dijo Jorg mientras lo seguía con la mirada, una auténtica complejidad la suya bajo una apariencia cordial, sin grandes profundidades, pero sí espesor, vicios no, pero sí sustancia: Thomas sin sus abismos. Y, para rematar, unas dotes fantásticas para la negociación, bajaba a la arena y convencía a todo el mundo. ¿Sabías que cambiaron el dicho por él? El de: «Dios creó el mundo; los neerlandeses, los Países Bajos» se convirtió en: «Dios creó el mundo; Hendrik Clemens, el Parlamento». Se conocía todos los usos, todos los ardides y a todos los miembros. No sé cómo podía soportarlos, pero convivía con ellos y disfrutaba ejerciendo su influencia sobre ellos. Decía: No hace falta quererlos, aunque acabas sintiendo ternura por sus debilidades, no hace falta estimarlos, aunque sientes cierta indulgencia por sus faltas, y esa ternura y esa indulgencia hacen que los manejes con más eficacia todavía. Durante un tiempo, albergué la esperanza de que pudiera ser el hombre que necesitabas, el caballero negro, el salvador a quien no se le pide que sea un ángel; la garantía de un amor posible, de otro continente en el que podrías llegar a ser otra mujer. Pero se equivoca cuando dice que no se veía a sí mismo, su ceguera no era con respecto a sí, ni a ti tampoco: era a Thomas a quien no lograba ver.

Pocos hombres han tenido tanta admiración por Thomas como Hendrik, y ahí radica la paradoja de nuestro caballero negro: os quería a los dos por igual, os quería porque erais inseparables, y resulta interesante ver que esa alma neerlandesa hecha para el pragmatismo estuvo fascinada toda la vida por vosotros dos y vuestra ingravidez. Lo notable de vuestra pandilla era su indivisibilidad, cuanto más lo pienso, más entiendo que os queríais por contigüidad, como si ninguno pudiera desear a uno sin querer también al otro, y yo mismo, como te he dicho, os quería tanto juntos como por separado. Si has venido aquí es porque sabes que tu redención será colectiva, mira a tu alrededor, a esta gente que te quiere y que quiere a tus muertos: ¿acaso no formáis parte de la misma comunidad? No eres la única que vive en compañía de sus fantasmas, Margaux, todas las almas aquí reunidas tienen los suyos propios, pero, al contrario que tú, saben acogerlos.

Jorg calló. El viento hacía bailar los gruesos copos perezosos, mientras la noche se sumía en una uniformidad algodonosa. Junto al granero se distinguían apenas las siluetas de los tres hombres, la habitación olía a fuego y a la misma fragancia indefinible y desconcertante. ¿Sabes de dónde venía la obsesión de Thomas por la nieve?, prosiguió Jorg. De un relato de Joyce en *Dublineses* que se titula «The Dead», «Los muertos», qué oportuno el título, ¿verdad? Un relato en el que apenas pasa nada: en 1904, en Dublín, una familia y unos pocos amigos se reúnen para celebrar la víspera de Navidad. Todos ríen, beben, comen, bailan, tocan el piano, conversan y cantan. Cuando la velada llega a su fin, una de las invitadas le cuenta a su marido la muerte trágica de un joven que la amó en el pasado. Ella se duerme sin ver que él está muy afectado, se queda mirando la nieve por la ventana de su habitación. Al final de la noche, mientras los copos caen sin cesar sobre la tierra de Irlanda, Gabriel —que así se llama— es ya otro hombre. Thomas decía: Es el texto más grande jamás escrito sobre el alma de las cosas, porque lo encierra todo en pocas páginas, con pocos efectos y ningún énfasis. Decía: Joyce está en ese relato por completo y, sin embargo, es del todo invisible. Decía: Cuanto más viejo me hago, más comprendo que escribo novelas porque llegar a ser uno mismo no tiene ninguna importancia.

Yo lo que quiero es llegar a ser otro.

Y acercarme así a mí mismo. Jorg se sumió en pensamientos secretos, pareció meditar un instante mientras miraba caer la nieve que Thomas amaba, y luego prosiguió: Acoge al otro, Margaux, y afronta a tus fantasmas sin asilo. Aquí puedes llegar a ser otra mujer.

Aquí, en este feudo de silencio y de vacío; existen otros lugares vacíos y silenciosos, pero en ellos Thomas no tenía santuario, de igual modo que no basta con rodearse de espacio y de quietud para convocar una ceremonia, hace falta belleza, hace falta espíritu, hay que poder sondear el espesor del tiempo; por eso, mira cuán perfecto es todo: la bruma para Thomas y la nieve para ti, ahora ya podemos darle a este drama su gran escena central. ¿Su escena central?, preguntó Margaux. ¿Qué escena es esa? Dímelo tú, dijo él. ¿La muerte de Thomas? ¿La de Jean? ¿Otra distinta?

Ella lo miró y en sus ojos solo vio bondad. Pero, antes, tengo otra pregunta, dijo Jorg. ¿Qué es ser arquitecto, Margaux? Siempre me he preguntado cómo hacías: ¿primero la imagen, el deseo, el encargo, y luego un edificio donde antes estaba la nada? Construir desde la nada es la historia de tu vida, tu historia y la de Jean, los dos magníficos extraviados a los que Thomas amó por su extravío y por su gracia, amó tus casas silenciosas y la poesía herida de tu hermano, nunca un hombre amó con tanta pasión a unos seres y sus abismos, desde la infancia fuisteis el centro de su existir; por lo demás, no recuerdo nada que no hiciéramos juntos, el colegio, los estudios, unos en casa de otros en el canal, los veranos en Châteauvieux, los otros viajes, los amigos comunes y las dos lenguas compartidas, me pregunto cómo habría sido la vida de Thomas sin todo eso. Una vida sin hermano ni hermana del alma. Una vida sin amor precoz y total. ¿Cuál habría sido el destino de Thomas sin Margaux?

No construyo desde la nada, dijo ella, doy una forma al vacío, y esa forma viene de lejos —Al fin una palabra sensata en ese océano de mutismo, o gracias a él, quizá, ironizó él, mi cháchara te permite el lujo de callar y meditar tus respuestas. No te tendré en cuenta que estás haciendo caso omiso de mi última pregunta, hay tiempo de sobra para distraer la atención antes del duelo final... Una forma al vacío, dices, una forma que viene de lejos. Pero ¿de qué lejanía hablamos, si me permites la pregunta?

Todo viene del lugar en sí, contestó ella, por poco que lo mires y lo escuches.

Ah, dijo Jorg.

Ahí estamos. Conoces el poder de los lugares y sabes que algunos de ellos susurran la verdad. ¿Escuchas caer la lluvia en mi tina lejana y la nieve en el Aubrac, donde el hombre más importante de tu vida te ha invitado a una última ceremonia? Creo que estás preparada para ser instruida, Margaux, abandónate al silencio y al vacío, olvídalo todo, olvídate a ti misma.

Suena el gong.

Thomas te entrega una carta.

Jorg se pellizcó la nariz, sacó su gigantesco pañuelo y estornudó tres veces. No creo en ningún dios, en ninguna vida póstuma, en ningún trasmundo, pero creo en el reino de los muertos, prosiguió. Está aquí, en el aire que respiramos, en la tierra que hollamos, está en nosotros hasta que, a nuestra vez, ocupemos nuestro lugar entre quienes nos instruyeron antes. Tengo una teoría sobre los fantasmas, Margaux: un buen fantasma es un fantasma muerto, un fantasma cuya muerte todo el mundo ha aceptado, él y nosotros mismos. Ya no nos persigue, ya no nos atormenta, pero nos visita y, al hacerlo, nos guía: ¿no es acaso esa carta la llave de una verdadera muerte para tus propios fantasmas?

Calló al acercarse Hans con un plato con canapés, que dejó junto a Margaux antes de volver a sentarse frente a ella. La puerta se abrió y aparecieron Jan, Sjoerd y Hendrik. Granero reparado, dijo Jan. Hubo un momento de frescor nocturno y de calor humano mezclados, y la velada retomó su ritmo quedo; Hendrik cogió una silla y se unió al grupito que rodeaba a Margaux. Al fin volvemos a vernos, le dijo a Hans. Le apretó el hombro con afecto, y a ella le llamó la atención que ambos eran hombres vigorosos pero delicados. Me alegro de verte, dijo el joven, no pensaba que vendrías hasta aquí. Hendrik asintió con la cabeza. Yo tampoco, dijo, pero estaba presente en el momento de la partida de Ámsterdam y temí por ti, me había despedido de Thomas, pero temí por todos vosotros, por eso he venido; aquí, a la llegada.

Fue impresionante, le dijo Hans a Margaux, Thomas decidió irse sin ambulancia, iba tumbado en el asiento trasero del coche de mi abuelo, Anna iba delante, y mi abuela, mi padre, mi madre y yo los seguíamos en otro coche. Anna había organizado cuidados en París ese mismo día y aquí, en Châteauvieux, para el día siguiente. La víspera se corrió la voz y, temprano por la mañana, una multitud de amigos y conocidos se congregó delante del 149. Había gente por todas partes, en el Keizersgracht, en el puente del Leliegracht y hasta al otro lado del canal, delante del hotel Toren. El Brandon estaba abierto y servía café gratis, era un día muy frío, muy gris, un poco brumoso. Cuando, en un silencio total, Thomas salió del edificio apoyándose en Jan, lo oí reír y murmurar: Ensayo general. Algunos amigos se acercaron a abrazarlo, y luego todo el mundo se apartó y lo observó abandonar Ámsterdam. ¿Qué pasó después?, le preguntó a Hendrik, ¿os fuisteis? Nos quedamos todos, y el Brandon sirvió cervezas hasta última hora de la mañana, contestó Hendrik. Fue impresionante, repitió Hans, mirando a Margaux, porque todo el mundo sabía que era el final, pero nadie sabía si Thomas sobreviviría al viaje. Temí por vosotros, sobre vosotros pesaba una responsabilidad de vida o muerte, dijo Hendrik, uno puede pensar muchas cosas de Jan, pero, al verlo encabezar el cortejo de su hijo, sentí por él una estima inmensa. También fue impresionante por eso, dijo Hans, todos habríamos preferido morir antes que traicionar la voluntad de Thomas.

Ese viaje, calló, puso en orden sus ideas, era como cruzar los círculos del infierno, prosiguió, conforme pasaban las horas, crecía la angustia de Thomas. En París dormimos en casa de mi tío abuelo Albert, en su piso con vistas al Jardín de Luxemburgo. Fui a hacerle compañía a Thomas en su cuarto mientras Anna se duchaba, y le conté que me parecía que cruzábamos uno tras otro los círculos del infierno. Eres muy joven para conocerlos, me dijo —Tú también eres joven, observé yo, y él sonrió. Uno vuelve del infierno, replicó, conoces los clásicos, supongo. Ulises, Orfeo, Aquiles, Teseo, enumeré, y él se rio. ¿En qué círculo estamos ahora?, preguntó. ¿En el quinto, el de la ira?, sugerí. No, dijo él, y guardó silencio un momento, pensé que se había quedado dormido, pero al fin murmuró: Espero que estemos en el último.

Espero que estemos en el noveno círculo y que salgamos pronto de él.

El noveno círculo, dijo Hans, el de la traición —Anda, pero si tenemos culturilla, comentó Jorg divertido —Bueno, no me he leído a Dante entero, dijo el joven, pero sabía lo suficiente para darle la réplica a Thomas. Esa noche en París no dormí, sentía que era un fantasma y recorrí las habitaciones y los pasillos pensando en los círculos del infierno. Si nos hallamos en el noveno, Lucifer está sentado en el salón, e iba al salón a ver; si estamos en el quinto, el cielo mostrará su ira, y miraba los jardines por la ventana. Pensaba en Thomas, atrapado en su cuerpo enfermo tras una de esas puertas, ahí al lado, y esa proximidad prohibida sabía a muerte. Al día siguiente nos fuimos temprano, y todo sabía a final, todo sabía a decaimiento. Hacia el mediodía paramos en un área de servicio en la autopista, me acerqué a ver a Thomas, tenía las mejillas hundidas y la mirada febril. Me sonrió y me dijo: El último cortejo es siempre una epopeya.

Era la antevíspera de Navidad.

Llegamos a Châteauvieux por la tarde, Pascal y Françoise habían caldeado la casa y preparado las habitaciones. Pensé en nuestro viaje, cruzando tres países, y comprendí que, en efecto, era una epopeya, pero una en la que el héroe solo lucha contra sí mismo. Thomas recibió una inyección de fármacos y, tras dormir un rato, se reunió con nosotros para la primera de las últimas cenas. Parecía no sufrir ya y, cuando le pregunté si era así, volvió a sonreír —Fin de la epopeya, dijo, ahora ya es solo la realidad: sufrir o no sufrir.

Hans calló.

Me despedí de Thomas en Ámsterdam, dijo Hendrik, fui a verlo a mediados de diciembre, me contó su proyecto de apagarse en Châteauvieux, me dijo que quedaba poco, que solo trataba de reunir el valor para arrancarse el corazón. Yo me quedé atónito, sentía que nos traicionábamos el uno al otro, él por exiliarse, yo por no seguirlo en su exilio, pero sabía que él lo sabía y no dije nada. Hablamos de unas cosas y otras hasta bien entrada la madrugada, me daba cuenta de que él estaba agotado, pero era incapaz de marcharme, y eso Thomas también lo sabía; entonces se quedó dormido delante de mí. No sé cómo estaba al final del todo, pero esa noche dejé a un arcángel desmayado sobre una cruz invisible, su belleza era aterradora, no sabía si era la de su ser o la de su próxima liberación. Lo contemplé un instante y me marché. Calló y tomó un sorbo de vino. Pero, antes de eso, prosiguió mirando a Margaux, me dijo unas palabras, de las cuales las últimas eran solo para ti —Por eso has venido, dijo Jorg —¿Y las primeras?, preguntó Hans. Puedes adivinarlas, dijo Hendrik. Sí, dijo el joven, puedo adivinarlas.

Uno vuelve del infierno.

Uno vuelve del infierno, Margaux, dijo Jorg, y hasta del noveno círculo. En los días sucesivos, dijo Hans, hubo momentos felices. Habíamos sobrevivido al último cortejo, y esa noche se puso a nevar. Celebramos la Navidad con un cielo muy azul sobre un suelo blanco por completo. Thomas tenía prohibidos los fuegos de chimenea, pero le preguntó a Anna: ¿Qué más me puede pasar? Encendimos un gran fuego, la leña producía un chisporroteo alegre; Thomas no tenía dolores, tomó un sorbo de vino y un poquito de tronco de Navidad. Para el café, todo el mundo se levantó de la mesa y se instaló delante de la chimenea, yo estaba a su lado, y me dijo: ¿Ves?, uno vuelve del infierno. Pero el próximo periplo es sin regreso, observé yo —Eso no es el infierno, sino la tragedia, dijo, y voy a tratar de escribirlo tan bien como Shakespeare. Miró a Anna y se rio: Ni más ni menos, amigo mío.

El día después de Navidad, el cielo seguía azul y el tiempo, frío. Thomas pidió ir a la calzada romana. Jan le puso las cadenas al viejo Rover y nos subimos Thomas, Anna, él y yo. ¿La calzada romana?, preguntó Hendrik. No puedes irte sin subirla y bajarla, contestó Hans, es la antigua carretera entre Rodez y Javols, justo por encima de Châteauvieux, domina toda la región, la vista es muy extensa hacia el oeste, el este y el sur. ¿Más extensa que desde aquí?, preguntó Hendrik. Más amplia, sobre todo, dijo Hans, Thomas decía que era el tejado del mundo —Totalmente, dijo Jorg, un tejado del mundo, eso es lo que necesitamos —No es solo un panorama, dijo Hans, es un lugar de destino —Un lugar de belleza y de espíritu, dijo Jorg —Un lugar de grandeza, continuó Hans, te deja sin respiración, pero no hay fiebre ni desmesura. La fiebre es lo contrario de la intensidad; la desmesura, de la profundidad, o eso es lo que entendí de lo que me dijo Thomas, la agitación te sume en ti mismo, la lentitud te salva —Como el amor, dijo Jorg, el amor verdadero, el que dura porque te libera de ti mismo.

Anna subió por amor a Thomas, prosiguió Hans, pero vi que la abrumaba la aceleración del destino. En lo alto, en cambio, era sencillo: era sublime, claro y nítido, no se veía más que blanco y azul, surcado de postes de madera vieja y vuelos de rapaces. Thomas no se tenía en pie sin ayuda, Jan y yo lo sostuvimos, y, ante el paisaje sublime que la nieve volvía más sublime todavía, se volvió hacia Anna y dijo: Todo está bien. Había convertido el infierno en tragedia, al menos es lo que creí entender, había salido de una habitación cerrada y había llegado a una tierra abierta donde podía olvidarse de sí mismo y decir: Todo está bien. Al día siguiente, dijo Hans mirando a Margaux, me habló de usted y me habló de Jean.

Volvió a callar cuando Paule se levantó e hizo tintinear una cuchara sobre su copa. El niño no deja de sorprenderme, le murmuró Jorg a Margaux, ya le tenía aprecio, pero esta secuencia lo transforma en admiración. ¿Has entendido el mensaje? Tu duelo de esta noche es el mayor de todos, y es Thomas, tu fantasma principal, quien te lo ofrece.

No sabía si tendría el valor de decir unas palabras esta noche, dijo en francés la madre de Thomas, pero me lo dais vosotros con vuestra presencia aquí. Sonrió a los invitados. Está tan guapa como siempre, pensó Margaux, es una mujer guapa y poderosa incluso cuando está quebrantada, y, de nuevo, volvió a sentir que se agitaban sombras alrededor de un pozo de luz en el que, esta vez, se encontraba Paule Helder. Quizá más tarde diga también otras palabras sobre otro muerto, prosiguió Paule, mirando a Margaux y a Jorg, pero no tengo fuerzas para las dos cosas y, por el momento, solo quiero hablaros de Thomas.

Bajó la cabeza.

Solo, repitió levantándola, qué palabra más absurda, salvo si es para decir que Thomas era solo Thomas; hubo un murmullo cordial en la sala y, de nuevo, sonrió. Thomas era mi hijo, una frase igualmente absurda, prosiguió, ¿alguien se lo imagina presentarse diciendo: Soy el hijo de Paule? Pues claro que sí, dijo Sanne, y todo el mundo, empezando por Paule, se rio. Me gusta pensar que mis hijos no son herederos, sino pilares de sí mismos, continuó, seguramente porque vengo de una familia de herencias aplastantes, de las que durante mucho tiempo quise librarme, estuve tentada de vender Châteauvieux, me marché lejos, al norte, abracé otra cultura, pero, ya veis: Thomas eligió venir a pasar aquí sus últimos momentos. Aquí, en el territorio de la infancia, dijiste. Miró con afecto a Anna. Pero yo diría más bien que es el territorio de los muertos, entendedme bien, por favor: no el territorio de la muerte, sino el de los difuntos. Se le quebró la voz, juntó los índices y se los llevó a los labios. Si hay una herencia que recibir, es esta, prosiguió volviéndose hacia Jan, pues Thomas pensaba que el Aubrac era un bastión católico, pero también un santuario para los no creyentes. Un santuario: ¿tengo que explicaros lo que era eso para él? Si lo hiciera, tendría que evocar otros muertos, pero ahora no tengo fuerzas.

¿Qué deciros, entonces? ¿La ira, quizá? Se secó una lágrima que rodaba por su mejilla —Vino, dijo, ¡por el amor de Dios, que alguien me sirva vino! Los presentes rieron con empatía, y Jan le tendió una copa a su mujer. Ella se rio entre lágrimas, bebió un sorbo y se colocó un mechón detrás de la oreja. El penúltimo día, Thomas me dijo: ¿Recuerdas las primeras palabras del *Dies irae*?, las releí ayer, el día de la ira, es de actualidad, al fin y al cabo; el resto fue algo confuso, no entendí lo que decía, pero después enunció con total claridad: *Y la muerte se quedará atónita.* Os podéis imaginar lo que me importaba a mí el *Dies irae*, contemplaba a mi hijo clavado en su cruz invisible, y cada segundo que pasaba era una lección de tinieblas; pero ayer lo releí: *Día de ira, ese día*, ¿puede alguien decirme cómo sigue? Jan carraspeó: *Reducirá el mundo a cenizas*, recitó. Siempre se puede confiar en Jan para los textos litúrgicos, y, si no es en él, en mi yerno, dijo Paule.

Todo el mundo se echó a reír. Thomas habría hecho eso mismo, pensó Margaux, habría hecho reír a todos en el momento más doloroso —Thomas habría hecho eso mismo, le susurró Jorg, mientras que yo, para empezar no habría recitado ese discurso; una lección de tinieblas: ya sabemos de quién le venía a Thomas el don para la escritura. Paule seguía de pie en mitad de la sala, se hizo de nuevo el silencio. Ha reducido nuestro mundo a cenizas, prosiguió, y henos aquí, aniquilados, lejos de nuestros queridos canales. Hizo un gesto desolado con la mano. Me gusta tanto Ámsterdam, la ciudad de mis hijos, la ciudad milagrosa que permitió que Châteauvieux encontrara su lugar, el de las vacaciones, el de compartir y el de la amistad; pese a ello, puesto que a partir de ahora esta tierra es su santuario, esta tierra es mi santuario. Alzó su copa.

Y la muerte se quedará atónita, dijo.

La muerte... Tomó un largo sorbo de vino. ¡La muerte nos mata!, exclamó sonriendo entre lágrimas. Jan se levantó, fue hasta ella y alzó su copa. Los presentes se levantaron, algunos se sirvieron más vino y todos alzaron también sus copas. Por Thomas, dijo Jan, y, tras unos segundos para dominar la emoción, añadió con voz firme: De ahora en adelante, esta tierra es mi santuario. Por Thomas, repitieron los presentes, y, en ese instante, la leña crepitó con fuerza en la chimenea, causando sobresalto seguido de risa. ¡Es Thomas!, dijo alguien a quien Margaux no identificó, la gente volvió a sentarse y se reanudaron las conversaciones, con más ligereza que antes.

No lo he entendido todo, dijo Hendrik, pero lamento que Thomas no pueda ver a Jan así —Te habrás fijado en que mi madre no ha hablado de la ciudad de su marido, solo de la de sus hijos, dijo Jorg, aunque parece que mi padre ha adquirido *in extremis* una noción de empatía, veremos si es solo de circunstancias o si estamos a punto de asistir también a la redención de Jan Helder.

Me voy otra vez a la cocina a echar una mano, pero luego vuelvo, dijo Hans, os aseguro que no es fácil librarse de mí, y Jorg lo siguió con la mirada con afecto. Uno vuelve del infierno, pero va allí por amistad, son palabras de Thomas, dijo Hendrik, siguiendo él también al joven con la mirada, y luego añadió: Primero, Châteauvieux, porque Jean se mató allí y porque tengo que conseguir que venga Margaux. Ella bajó la cabeza. Sabes que no vine, murmuró —Claro que sí, dijo Hendrik, aquí estás. Margaux sintió como un vértigo, Hendrik cerró los ojos y añadió: Hazla venir tú si yo no lo consigo, esto fue todo lo que me dijo después. Soltó una risita breve. ¿Qué le dices a tu mayor rival cuando es el hombre a quien más quieres en el mundo y no va a tardar en morir? ¿Que no tienes ningún poder sobre la mujer que te dejó sin mediar palabra once años antes? ¿Y que nada de todo eso hará revivir a Jean?

Me voy a dar una vuelta, dijo Jorg, me parece que sobro, y mi corpachón necesita desentumecerse un poco —Quédate, dijo Margaux. Hendrik pareció sorprendido, pero prosiguió: Hasta que se marchó de Ámsterdam, no entendí lo que de verdad quería Thomas, no le preocupaba solo conseguir que vinieras tú aquí, sino todos nosotros

---

—Eso es, dijo Jorg, eso es —Bueno, nosotros cuatro, prosiguió Hendrik: tú, Jean, él y yo.

Dos vivos.
Y dos fantasmas.

Dos fantasmas para una última prueba de amor, pese a las traiciones, dijo Jorg, ¿no quieres salir tú también del noveno círculo, Margaux?

Se oyó un fuerte ruido del lado del granero, Jan soltó un taco en neerlandés. Voy yo, dijo Hendrik, y siguió fuera a Jan, Sjoerd y Hans. Un torbellino de aire fresco barrió la habitación hasta que volvió a cerrarse la puerta, Margaux miró por las ventanas las luces exteriores que oscilaban al viento, pero no pudo distinguir la silueta de Hendrik de las otras tres. *Y bajo la nieve huyeron para siempre*, murmuró con un escalofrío. ¿Para siempre, estás segura?, preguntó Jorg. Nuestros fantasmas insisten, me temo, reclaman la absolución antes del último día, y, ya que hacemos una pausa en los discursos lacrimógenos, permíteme volver a mi dramita de arena y de lluvia, que sigue suspirando por su gran escena central.

En julio de 2009, mientras yo chapoteo en mi

baño nocturno, Peter lleva ocho años en el poder; Thomas, su primer redactor, se marchó dando un portazo hace cinco; Jean, el segundo, se mató el año anterior, y tú estás desaparecida. En lo que a mí respecta, soy tan feliz como puede serlo un viejo estratega —En 2009 aún no habías cumplido los cincuenta, dijo ella —Yo siempre he sido viejo, replicó él, envejeces de golpe en contacto con el poder y luchas toda tu vida por rejuvenecer antes del final —Pero el poder no te interesaba, dijo ella —No el de gobernar, pero siempre he querido ser el dueño del paraíso, replicó él —Creía que estábamos en el infierno, dijo ella divertida —Pero ¿dónde se va una vez que se han cruzado todos los círculos?, preguntó él. Y hacen falta estrategas como guardianes del paraíso para que las ideas triunfen sobre la fuerza: mira cómo adopto posturas de las que suelo burlarme, pero lo cierto es que me gustaban los duelos del espíritu, y eso implicaba pagar un precio elevado. Total, que estamos en 2009 y chapoteo ante lo insondable. Mediante qué sortilegio había dado origen la voluntad de un bruto a ese lugar es algo que todavía me pregunto, pero el hecho es que yo era a la vez huésped del diablo y del paraíso, que contemplaba la costa del Norte, que llovía, que pensaba en Jean, que el carillón me cantaba la razón de tu huida y que la brisa seguía soplando.

Y con ella se extendía un aroma delicioso.

Escruté la oscuridad, el cielo y la arena, mientras los ojos se me llenaban de lágrimas incomprensibles, no tenía ni idea de lo que estaba ocurriendo, pero había dejado de llover y quería que *eso* —¿el qué?— no cesara nunca, hasta que comprendí que, al morir, la lluvia había liberado la tierra.

Había liberado la tierra, de la que se elevaba un aroma a brezo y a arena.

He caminado mil veces por dunas bajo la lluvia, y mil veces la lluvia ha liberado el mismo aroma a brezo y arena: ¿por qué sortilegio esa noche añadía una sed desconocida? La naturaleza me trae sin cuidado, Margaux, solo me gustan la inteligencia, los humanos y las ciudades; si me apuras, prefiero los patos a los bosques, a ellos al menos se les puede suponer una forma de discernimiento. Vamos, que normalmente la arena y el mar me habrían aburrido a más no poder.

Sin embargo.

Ponle un marco al paisaje y tendrás algo mejor que la realidad: la verdad. Barnízalo con un aguacero y tendrás algo mejor todavía: la densidad. Mi sed era la suma de la terraza, la madera lisa, el refinamiento de los faroles y el jarrón semejante a una nube: el marco. Había en esa cabaña una inteligencia del panorama mediante la cual el mar del Norte se convertía en algo más que un paisaje:

en un cuadro. Y, entonces, en ese marco hecho por la mano del hombre, el olor de después de la lluvia que subía de la tierra se convertía en algo más que un olor: en una clarividencia. La verdadera belleza es una ceremonia, Margaux, una ceremonia del espíritu que desea ver el cuerpo desnudo de la vida, y, heme ahí, en pelota picada, en mi tina convertida en ventana a la verdad; la lluvia ha cesado, de la tierra se elevan esas notas de brezo y de arena, y comprendo entonces una cosa muy tonta.

Comprendo que soy feliz.

En ese decorado de desnudez y de esplendor, la brisa exhala lo más preciado para mí: las notas de brezo y de arena me recuerdan algo, y ese algo, contra toda lógica, tiene que ver con Todd —Todd Morgan, dijo Margaux, tu gran amor, lo apreciaba mucho, siempre me he preguntado por qué se fue. ¿Te enteraste?, preguntó Jorg. Pues no eras tan indiferente, entonces; pero ¿sabes qué es lo más curioso? No había nada más alejado del perfume de Todd que esos efluvios a duna mojada: el camino de la belleza no es recto, un pensamiento no responde a otro, y, si allí todo se confunde, es por un ardid del espíritu.

Ya conoces a Todd: inglés hasta la médula, riguroso en el trabajo, cordial en la vida y un tipo divertidísimo. Añade a eso sus trajes a medida, sus modales y su flema, un conservadurismo contrariado por el pragmatismo y una inclinación a la tolerancia: todo ello hacía de él alguien compatible con un neerlandés como yo. Y, más aún, recuerda que me amó nada más verme. Cuanto hubo entre él y yo —las palabras, las risas, el sexo, las luchas, el final— estaba supeditado a algo más grande que nosotros, más grande que todo, por lo que será tal vez mi redención final. ¿Por qué se fue?, volvió a preguntar Margaux. Jorg cogió un canapé del plato que Hans había dejado junto a ella y suspiró. Tú y yo tenemos algo en común, y es que dejamos escapar el amor a sabiendas, pues recuerda: la vida es un duelo que gana el que arriesga lo más valioso que tiene.

Se fue porque lo traicionaste, dijo ella.

No solo lo traicioné, dijo Jorg, sino que no elegí el duelo adecuado.

En 2009, el año del baño de Schoorl, llevaba seis viviendo con Todd. Imagínate: el consejero del príncipe y el director de una gran firma extranjera disfrutando del gran amor sin que nadie se inmutara. Era todo un logro y, sobre todo, yo lo quería. Nada más verlo, supe que Todd sería un *alter ego*, un amante, un amigo, un hermano del alma, un puñetero pilar: el fin de la soledad. Pero, esa noche, ante la costa oscura, a través de ese olor de después de la lluvia, el amor desvelaba su esencia misma: la de un renacer. Piensa que, de noche, el vacío pálido se torna un vacío inmenso, en la oscuridad todo se multiplica, el ruido de las olas llega hasta muy lejos y resuena largo rato: inspiraba el aroma de lo infinito. A ese aroma a infinito, la arena y el brezo húmedo añadían una exaltación a la vez nueva y antigua, flotaba en el espesor del tiempo: era simultáneamente recién nacido y muy viejo. Por otra parte, Schoorl era un concentrado de lo que conforma tus propias arquitecturas, la sencillez extrema como cámara de eco de la verdad o, si lo prefieres, como forma vacía destinada a acoger al otro: allí veía mi vida transfigurada por el amor. ¿Sabes?, solo el amor es infinito, sabio y nuevo a la vez. Solo el amor lleva en sí la memoria de cada vida que ha atravesado. Solo el amor nos hace morir a nosotros mismos para que renazcamos al otro. Inspiraba el aroma de después de la lluvia y pensaba: En el templo de mi vida hay esta grandeza.

Margaux se rio —Todo eso gracias a una vista, dijo, y me reprochas a mí que me parezca bonita la de mi ventana. No se pone un marco cualquiera ante un paisaje cualquiera, replicó él, la vía de la belleza es un arte del destino, solo con esa condición se convierten en mensajeros los aromas. Para dominar eso, hay que ser Johannes Vermeer, Thomas Helder o el diseñador de esa cabaña improbable, y, por lo demás, yo eso ya lo sabía antes de Schoorl, Todd, el amor, la importancia de amar y ser amado, no aprendí nada nuevo, simplemente vi: vi, como si estuviera pintado ante mis ojos, lo que el amor hace a los seres.

Suspiró y apuró su copa.

Sé que formábamos una pareja cómica, prosiguió, el bátavo gordo y desaliñado y su británico impecable. No te lo vas a creer, Todd tenía pijamas y zapatillas de casa con sus iniciales bordadas; tweed y sentimientos, en eso consistió nuestra vida. ¿Qué pasó?, preguntó ella. Me acuerdo de lo mucho que os reíais, de lo mucho que él te quería, de cómo eras durante esos años. Conocí la felicidad conyugal, dijo él, días y noches de compartirlo todo, de vivir muy juntos, de dormir muy juntos, de refugiarse en la oscuridad del otro. De sentirse en casa porque el otro está allí, cuando uno siempre se había creído sin hogar. Sonreír inopinadamente pensando en la intimidad, en el reencuentro, en las zapatillas de casa, en las mañanas perezosas. Tener en común un apartamento, una cuenta bancaria, un grupo de amigos, un perro. Saber que alguien ha visto a través de tu corpachón tu alma desnuda y frágil como una mariposa. Saber que hay alguien ahí y que eres su prioridad para siempre. Bueno, me dejo ya de tonterías, creo que has tenido tu cupo con mis cursilerías de brezo y de duna: la felicidad conyugal es una perla de absoluto envuelta en la ñoñería más deliciosa.

Dejó la copa vacía sobre la mesa.

¿Que qué pasó?, preguntó. Nada, en realidad. O, más bien, lo mismo que a todo el mundo.

El fuego bailaba sobre su rostro, y Margaux lo encontró cambiado. Es guapo, pensó, guapo como si otro Jorg aflorase bajo sus rasgos abotargados. Lo mismo exactamente, prosiguió él, y voy a contártelo empezando por la primera de mis traiciones: todo empieza siempre por una primera falta que contiene el germen de la segunda y de todas las sucesivas.

Primero me traicioné a mí mismo, yo solito, sin ayuda de nadie. Fue en 2004, conoces ya parte de la historia por Thomas y por Jean. Odysseus, dijo ella. Eso es, dijo él, Odysseus, el escándalo heredado del gobierno anterior. No entendí por qué Thomas se fue en ese momento, dijo ella, el gobierno Veerman no tenía nada que ver con la gente de Odysseus. Thomas y Jean no podían decírtelo entonces, dijo Jorg, pero, justo antes de que estallara el escándalo, avisaron a Peter tanto de la publicación inminente de los documentos como de la implicación directa de su gabinete en el asunto. Pensaba que Odysseus solo incriminaba a la oposición, se extrañó Margaux. En un país donde la frontera entre el mundo de la política y el de los negocios es particularmente permeable, pocas cosas incriminan solo a los demás, dijo Jorg, pero, en este caso, tienes casi razón, la indulgencia con respecto a Odysseus era culpa de un solo gobierno, y no era el nuestro. Fue ese gobierno el que hizo la vista gorda con los datos, el que concedió las licencias, el que hizo caso omiso, a sabiendas, de la polución, de la contaminación de las aguas y de las orillas. *A posteriori*, recordé que Todd me había dicho: Desconfía de Odysseus, están por todas partes, es el mayor lobby de Europa, no conozco ninguna otra industria química que se esfuerce tanto por parecer limpia, tengo una mala corazonada; pero, en el momento, me dejó anonadado que en nuestro bando hubiera alguien implicado.

¿Quién?, preguntó ella. Brants, contestó Jorg, Christian Brants. Christian Brants, repitió ella, es imposible. ¿Lo sabía Hendrik? No, contestó Jorg, por aquel entonces, los únicos en saberlo éramos Peter, Thomas, Jean y yo. Y el periodista, dijo ella. El periodista no conocía el nombre, dijo él, apenas tenía un rastro del culpable; solo nosotros teníamos la pieza que faltaba. ¿Ves lo perverso del tema? Brants era uno de nuestros viceprimeros ministros, un pilar de nuestro dispositivo, el actor principal de nuestro éxito, por no hablar de que era un viejo amigo de Peter. Admitir públicamente su corrupción equivalía a caer en desgracia, pero éramos los únicos que podíamos decidir el siguiente paso. ¿Por qué Brants, a quien no le interesaba el dinero, habría hecho algo así?, preguntó ella. Es una buena pregunta para la que solo hay una respuesta posible, contestó Jorg, pero antes imagínate la escena: estamos en una habitación cerrada y tenemos poder de vida o muerte sobre la verdad. Sobre una parte de la verdad, dijo Peter —La verdad no tiene partes, dijo Thomas, es indivisible o no es. Si nosotros caemos, los siguientes harán cosas peores todavía, dijo Peter —Las víctimas de Odysseus tienen derecho a todos sus culpables, siguió diciendo Thomas, no se puede condenar al diablo y dejar escapar a su brazo derecho. El diablo siempre se saldrá con la suya, dije yo, nosotros no podemos hacer nada. Miré a Thomas y vi que acababa de perderlo. ¿Y tú?, preguntó Margaux, ¿qué pensabas del diablo? Lo mismo que Thomas, contestó Jorg, pero mi papel era aconsejarle a Peter que hiciera lo que hizo, y Thomas lo sabía. Se levantó y dijo: Fin de la partida. Me volví hacia Jean, que se rio y dijo: La partida siempre ha sido la misma. Thomas asintió con la cabeza y salió de la habitación.

Hacer política es revaluar sin cesar la frontera entre lo deseable y lo posible: basta con pasarse mínimamente de rosca para caer en la trampa del diablo. ¿Sabes que he sido un hombre de izquierdas en un mundo de banqueros y de comerciantes? Durante toda mi carrera, pensé poder dominar el arte de mover esa frontera para no traicionar nunca más que lo que no es esencial, y ahí radica el peligro: en hacerte creer que ese desplazamiento es ínfimo. Enterramos el caso Brants por el mismo motivo que lo había llevado a él a faltar a su integridad: porque podíamos hacerlo. El dinero, el estatus, el don de gentes, la sensación de estar en la cresta de la ola de las cosas es solo una tibia ebriedad comparada con la droga suprema.

El poder, dijo ella.
El poder de vida o muerte, asintió él.

Entonces el diablo prosiguió su obra.

¿Te has fijado?, «Thomas lo sabía» es una frase que se repite una y otra vez. Jorg se interrumpió al acercarse Paule, que, señalando un sillón vacío frente a Margaux, preguntó: ¿Puedo? Te veo muy meditabunda. Escucho calladita, dijo Margaux, y Paule se rio. Sé a qué te refieres, dijo. ¿Has visto qué nieve? Se esperan nevadas hasta mañana por la mañana, luego el viento cesará de golpe, y el Aubrac no será más que una blancura inmensa. Miró a Margaux y sonrió. Es mi infancia, dijo, supongo que cada infancia tiene su propia textura, la mía tiene la de la nieve, ¿y la tuya? Me sigue impresionando, pensó Margaux, después de todos estos años, me sigue intimidando —El agua, contestó ella —El agua, claro, dijo Paule, como digna hija de Ámsterdam que eres.

He diseñado todos mis edificios pensando en el agua, dijo Margaux, o más bien en el eco del agua y en la pátina del tiempo, quería que en cada habitación pudiera oírse ese eco y verse esa pátina.

Lo que nos conforma y lo que nos desgasta, dijo Paule, siempre has tenido una conciencia aguda del cambio. Ah, ¿sí?, se extrañó Margaux. Paule se rio. La primera vez que viniste a nuestra casa en Ámsterdam, ¿qué tendrías?, ¿cinco o seis años?, te plantaste en mitad del salón y dijiste: Qué bonito. Todos nos reímos, te preguntamos qué era lo que te parecía bonito, y tú contestaste: Que es viejo. Margaux se rio a su vez. Por si te interesa, también os encontraba viejos a vosotros, a Jan y a ti, me parece que me gustó esa coherencia, siempre he sentido que los lugares debían envejecer al mismo tiempo que sus habitantes, ¿cabe imaginar que la mente envejezca en un cuerpo siempre joven? Es verdad, pero, aquí, era al contrario, dijo Paule, mi juventud estaba encerrada en una cárcel eternamente vieja —¿Vieja?, repitió Jorg. Muerta, más bien, siempre he odiado este casoplón, apesta a ideas rancias y a moho —Era como si el tiempo se hubiera detenido, continuó Paule, cuando lo único eterno es el cambio.

Se masajeó la nuca, pensativa. Por eso siempre me han gustado tus edificaciones, prosiguió, incorporan nuestro lugar movedizo en el mundo, en la duración, ¿cómo lo haces? Margaux sonrió a Jorg. Silencio y vacío, contestó, y el culto a lo imperfecto, pero eso también lo tienes tú. Lo que me gustaba del Prinsengracht era tu predilección por las superficies irregulares y las líneas asimétricas.

Ramos con una sola flor, materiales brutos, gastados. Nada brillaba, todo era verdadero. Tiene gracia, dijo Paule, Ámsterdam siempre me ha parecido eterno precisamente porque es precario y frágil. Todo pasa y pasamos nosotros, dijo Margaux. Paule le estrechó la mano ligeramente. Exactamente, dijo, no se puede huir y pasar a la vez, me alegro de que hayas venido. Pero he venido demasiado tarde, dijo Margaux. ¿Demasiado tarde?, repitió Paule. ¿Porque está muerto? Pidió que viniera, dijo Margaux —Y has venido, dijo Paule, y te ha dejado una carta, la carta de un muerto es mejor que el silencio de un vivo, ¿no crees? Pero ¿no quería verme?, preguntó Margaux, ¿no quería escucharme, decirme lo que al final tuvo que contentarse con escribirme? Nada era más poderoso para él que la escritura, moldeó su vida, su relación de pareja y su final, contestó Paule, no pienso que puedas recibir nada más valioso de Thomas. Me refiero a lo que podría haberle dado yo, dijo Margaux. Paule le tomó la mano con dulzura. Thomas no deseaba nada, no pedía nada, dijo, y, si yo fuera tú, Margaux, aunque es una frase igual de absurda, dejaría de rumiar esos pensamientos inútiles y confiaría en el amor.

¿En el amor?, repitió Margaux. ¿Ha sido cuestión de otra cosa alguna vez?, preguntó Paule. Pero Thomas está muerto, dijo Margaux —Pues vaya una cosa, dijo Jorg, anda, que estamos apañados si pretendemos dejar que eso nos pare. Me dices que ya no deseaba ni pedía nada, prosiguió Margaux, ¿cómo voy a creer algo así? ¿Sabes?, dijo Paule, cuando le anunciaron el diagnóstico, se quedó estupefacto, y creímos que esa estupefacción venía del absurdo de enfermar tan joven. Anna me contó que se volvió hacia ella y le dijo: Ya. Todos lo interpretamos de la misma manera: hacer frente ya al final. Sin embargo, durante los meses que siguieron, lo vi prepararse y buscar... Se interrumpió y carraspeó. Buscar la claridad, dijo por fin, no estaba enfadado, no estaba aniquilado, y, como esa patología no provoca dolores muy fuertes, no parecía sufrir demasiado, ni física ni moralmente. Estaba concentrado, *buscaba*, y, poco a poco, entendimos que no tenía miedo a morir, no lo deseaba, pero tampoco lo temía: solo quería ver. ¿Ver?, repitió Margaux. ¿Ver qué? Pues la vida, dijo Paule —Es lo que trato una y otra vez de decirte, dijo Jorg, quería volver transparentes el espacio y el tiempo —Para ello, necesitaba el silencio y el vacío de la meseta, dijo Paule —Y, junto con ambas cosas, toda la belleza que sabía dar a un marco, concluyó Jorg.

Una ráfaga de viento arrojó racimos compactos de copos contra los cristales, hubo un breve apagón seguido de aplausos cuando volvió la luz. Paule miró los focos parpadeantes del granero. A Jan siempre le ha gustado Châteauvieux, dijo, le gustó nada más verlo, mientras que yo solo tenía ojos para Ámsterdam, pero, en esa época, no se me habría ocurrido renunciar a una herencia, y, total, ¿para qué? Los legados invisibles son más poderosos que los bienes, sabía que nadie escapa de su pasado, tenía mi tierra prometida, podía sobrevivir a mi tierra natal. Además, se lo debía a Jan, porque, si no hubiera sido tan rígido y conservador, no podría haber vivido como lo he hecho en los canales. Es extraño, ¿verdad? La vida tan libre que he llevado allí, los amigos, los escritores, los artistas, las largas veladas, los espectáculos, todo eso solo ha sido posible gracias a él, yo buscaba un escondite en los márgenes del mundo antiguo, y él me lo ofreció, sin ponerme nunca condiciones.

El apartamento del Prinsengracht era un sueño, dijo Margaux, me gustaban los volúmenes y las líneas, he visto muchos interiores hermosos en mi carrera, pero tu casa era totalmente singular, la asimetría, lo que se respiraba allí, la fantasía también, nadie aunaba los materiales y los estilos como tú y, al final, dabas al conjunto una sencillez que invitaba a formar parte de ello. Hay que entender que los canales son un sueño, dijo Paule, como todos los lugares en los que la supervivencia se ha transformado en civilización, donde lo imposible se ha hecho posible —Es por el agua, dijo Margaux, eso no habría sido posible sin el agua —El eco del agua y la pátina del tiempo, dijo Paule pensativa, ¿sabes lo que decía Thomas? Que la proximidad de la muerte te hace entender la esencia del agua y del tiempo, la esencia de lo que pasa y nunca vuelve, ya no estás en el flujo de las cosas, sino que lo traspasas, y, al fin, ves. «Ya» no quería decir «el final, ya», sino «la sabiduría, ya». Todo lo que Thomas deseaba saber era si estaría a la altura de la tarea, pues así es como vio venir la muerte, Margaux: sondeando si estaba maduro para esa transparencia.

Las lágrimas resbalaron por sus mejillas, pero no se las enjugó. El culto a lo imperfecto, decías, entiendo a qué te refieres, prosiguió tras un silencio, me gustan las irregularidades, las líneas puras pero quebradas, el relieve inesperado de las cosas; a la inversa, siempre he detestado las repeticiones, los jarrones dobles, los sillones gemelos, las cortinas a cada lado de las ventanas. Sí, dijo Margaux, la naturaleza desdeña la geometría, la simetría, rara vez hace dos cosas idénticas, como el agua y el tiempo, es esa liquidez, por ende, todo arte que se precie solo puede ser una puesta en escena de la transición, de lo efímero.

La puerta se abrió y aparecieron Jan y Hendrik. Lo conseguiremos, pero necesitamos otras armas, dijo Jan en neerlandés. Paule le apretó la mano a Margaux, se levantó y siguió a los dos hombres a la parte trasera de la casa. Habrás observado que nadie me pide que ayude, comentó Jorg divertido, no creo haber sostenido un martillo en toda mi vida, pero me encantaba cuando Todd se remangaba la camisa de gemelos y manejaba el taladro con la seriedad de un papa, era adorable, incongruente y de lo más sexy, me sentía como si estuviera asistiendo al espectáculo del amor, repantingado en el sofá, con una copa en la mano. ¿Qué pasó?, preguntó ella. Todavía no me lo has contado. Es que no paran de importunarnos, se defendió él, y, de hecho, he aquí una nueva interrupción bajo la forma de una santa, que da la casualidad de que es mi hermana.

¿Puedo sentarme?, preguntó Sanne, que se había acercado sin ruido. Margaux le sonrió, ella se sentó en el sillón que había dejado Paule y se frotó suavemente las manos. No había reparado hasta ahora en su dulzura, pensó Margaux, observando su rostro. ¿Cómo es posible?, no veía esos rasgos de madona que, esta noche, son un bálsamo para mí. Me alegro de que hayas venido, dijo Sanne, no solo porque era el deseo de Thomas, también porque quería volver a verte y expresarte el cariño que te tengo. Carraspeó. Para mí no eres solo la amiga de Thomas y la hermana de Jean, eres Margaux, y siempre te he admirado y querido. Se rio. Creo que solo valgo para ordenar armarios, hacer camas, alimentar, curar y aplaudir por amor, no es un destino de altas miras, desde luego, pero nunca me he quejado. Volvió a reírse. Perdón, dijo, al contrario de lo que pueda parecer, no he venido a ensalzarme sin modestia, sino a hablarte de Thomas, pero no voy a decirte lo que ya te han dicho los demás: que quería que vinieras, que sabía que vendrías más adelante y que dejó una carta para ti.

He venido a decirte que soy la única que lo sabe todo.

La única que lo sabe todo porque Thomas me lo dijo, no se lo dijo a Anna, a Jorg o a mi madre, no se lo dijo a Jean, claro, no se lo dijo a Hans, aunque estuvieran muy próximos durante las últimas semanas, y huelga decir que tampoco se lo dijo a mi padre, aunque hicieron las paces camino de Châteauvieux.

Es guapa, pensó Margaux asombrada, tan rubia, con esa curva infantil de la barbilla y la frente, esa mirada tierna... Thomas la quería, y era por eso.

¿La única que lo sabe todo?, repitió. Yo misma no estoy segura de saberlo todo —Me gustaría mucho saberlo todo, dijo Jorg, pero lo que no sé puedo adivinarlo, pues lo que Margaux Chanet no puede controlar lo rehúye, ¿verdad? Se volvió hacia Sanne, que asentía con la cabeza. Es lo que me dijo Thomas, que dudarías de ti misma, le dijo a Margaux. Que seguirías huyendo. Que no querrías recordar. Entonces me convirtió en su mensajera: Anna te dará la carta, pero yo te repetiré sus palabras. ¿Sabes?, al final recuperamos la complicidad de cuando éramos niños, no es que hubiera disminuido, pero la vida, la vida adulta, la había ocultado, estaba ahí pero ya no la poníamos de manifiesto, mientras que en Châteauvieux podía recuperar su lugar, evocamos muchos recuerdos, hablamos mucho de ti y de Jean, nos reímos mucho y también lloramos mucho.

Le lanzó una mirada traviesa.

¿Te acuerdas de Maarten Bosman?, preguntó, y Margaux soltó una carcajada. No sé por qué volvimos a acordarnos de Maarten, prosiguió Sanne, pero el caso es que nos echamos a reír sin poder parar. ¿Cómo conseguimos que se tragara esa historia?, preguntó Margaux. Lo recuerdo con sus cinco presas agitadas en el hombro, calado hasta los huesos, camino del ayuntamiento para reclamar su retribución. ¿Quién le hizo creer que la ciudad recompensaba la captura de patos de los canales? Jean, dijo Sanne, y le especificó que había que cogerlos vivos. ¿Sabes qué ha sido de Maarten?, preguntó Margaux. Sanne se animó más todavía. Es biólogo, contestó, especialista en palmípedos, no es broma, te lo juro, y se echaron ambas a reír sin poder contenerse. Estaba enamorado de ti, dijo al fin Margaux, pensaba que su hazaña te seduciría —No estaba enamorado de mí, dijo Sanne, es gay por completo, somos amigos y está felizmente casado con otro biólogo. Soltó una carcajada, un especialista en gaviotas, dijo, y les volvió a entrar la risa floja.

Hans pasó con una botella de vino y les sirvió otra copa, dejaron de reír y se miraron con cariño. Echo muchísimo de menos a Thomas, dijo Sanne tras un silencio, dos días antes del final, al decirle que siempre había tenido poca ambición, hizo un gesto de impaciencia y me dijo: Ya es ambición no tener ambición, estar a la sombra de los demás, dedicarse a quererlos. No puedo imaginar lo que habría sido mi vida sin Anna y sin ti, mis pilares, mis amigas, mis quitamiedos, vosotras, cuyo talento es el amor. Sanne bebió un sorbo de vino. Perdón por estas palabras hagiográficas, dijo, pero es importante que sepas el punto de partida de nuestra conversación. Luego me dijo: Por eso has de ser tú quien hable con Margaux, esto no puedo pedírselo a Anna, pero a ti sí.

Entonces me contó lo que nadie más sabe.

Me dijo: Los pesares más profundos pueden convivir con la ebriedad de no arrepentirse de nada. De eso se trata, entonces, dijo Jorg, se corresponde con lo que yo me imaginaba; dime, Margaux, ¿por qué razón, próxima o lejana, huye uno? ¿La pérdida de un hermano? ¿La posibilidad del amor? ¿La imposibilidad del amor? ¿El miedo? ¿O quizá incluso la vergüenza? En ese momento, Paule, Hendrik y Jan volvieron a entrar en la habitación, y Sanne se levantó. Enseguida vuelvo, dijo.

Uno nunca sabe si va a volver, suspiró Jorg, uno sale a comprar el pan y muere de un infarto en plena calle, pero es propio de los santos suponerse eternos. Tengo que decir, sin embargo, que mi hermana me asombra, la creía sosa y estrecha de miras, y ahora descubro que es de esas almas que aceptan su destino, siempre he admirado a quienes no luchan contra sí mismos, entiendo por qué Thomas la convirtió en su última confidente.

Pero volvamos a lo que nos ocupa, empiezo a barruntarme lo que pasó, de lo cual debemos extraer la siguiente conclusión, que me parece obvia: Hendrik y Anna siempre fueron unos segundones. No me malinterpretes, sé que los quisisteis por hacer posible el amor, pero es a Thomas a quien querías y era a ti a quien él quería sin remedio. Margaux miró a Hendrik, que cruzaba la habitación armado con un pie de cabra, a él también lo quise, pensó. Hendrik apreciaba en Thomas la parte de sí mismo que mantenía oculta, prosiguió Jorg, creía que tu deseo por él lo acercaba a esa parte, pero tú la rehuías, y, cuando Jean murió, huiste del todo.

Lo cual, si te parece bien, nos lleva al día de la muerte.

Al contrario que Jean, Thomas se colocaba en el borde de los precipicios sin intención alguna de caer en ellos. El poder, la droga, tú, de todo ello se defendió con sólidos quitamiedos; Jean, en cambio, no tenía ese recurso, y ambos sabemos por qué: Paule versus Laure y Luc, no he conocido nunca seres menos hechos para ser padres que los tuyos, y siempre he sospechado que mi madre era menos amiga suya de lo que se preocupaba por tu hermano y por ti; pero dejemos de lado esas conjeturas, lo que percibimos es más amplio que lo que somos capaces de explicar, he luchado mucho contra la enfermedad de juzgar antes de comprender, lo único que quiero es que oigas lo que te susurran tus muertos. Cogió la copa de vino que Sanne había dejado al lado de Margaux. A ese respecto, de hecho, ¿por qué no viniste a escuchar al último de ellos? ¿Tuviste miedo de su decadencia? ¿Del desenlace, del final de las cosas? Al contrario, contestó ella, tuve miedo de quererlo más todavía. Ah, dijo Jorg, querer más y, por lo tanto, sufrir más... Y ahora, ¿qué tal? Ahora mucho peor, dijo ella. Jorg la miró con tristeza. Mucho peor, repitió, y te habrías llevado eso contigo hasta el final de los tiempos si tu fantasma principal no se hubiera tomado la molestia de escribirte el día de su muerte.

Pues Schoorl era lo mismo, no era el día de la muerte, pero sí el del amor, las últimas verdades se desvelaban entre perfumes de brezo y de arena, la belleza realizaba su ceremonia eterna; la belleza creada por la mano del hombre, si hubiera escuchado mejor las palabras del rito, habría retenido mi brazo, listo para traicionar, y Todd estaría con nosotros esta noche. Es inútil querer cambiar la historia, dijo ella —Pero puedes comprender lo que te enseña, replicó él. La miró pensativo. No se aprende nada del pasado, prosiguió Jorg, es una certeza de la que nos convence la Historia con mayúscula, pero se aprende del reino de los muertos, ¿y sabes por qué razón? ¿Porque nunca nos dejan en paz?, preguntó ella. Él se rio. Buen intento, comentó, pero, si eso fuera cierto, nos volveríamos todos locos; lo sé, lo sé, se defendió al ver que ella lo miraba con ironía, ya lo estamos, pero no juguemos con las palabras, ves muy bien adónde quiero llegar. No, dijo ella, no veo nada —Exacto, asintió él, conozco pocos seres más inteligentes que tú, razón por la cual tu ceguera es tan fuerte, se mantiene por la fuerza de tus talentos, por eso escucha de todos modos lo que no quieres oír: aprendemos del reino de los muertos porque es nuestro porvenir.

Nuestro porvenir, no nuestro pasado. Si Todd hubiera muerto, no lo habría traicionado, habría aprendido del amor, no habría hecho caso omiso de su mensaje, y así es como llegamos al diablo, claro está: el diablo es quien hace desaparecer el futuro, quien borra lo que no tiene lugar en el presente —las responsabilidades, las consecuencias y las cadenas de causalidad—, borra toda verdadera complejidad y no te muestra más que la simplicidad de sus fines. ¿Y cuáles son esos fines?, preguntó Margaux. Pues el Mal, contestó él, y te hablo de 2010, el año en que traicioné a Todd, aunque todo empezó en 2004 —Con Odysseus, dijo ella —Con Odysseus, asintió él. Es el *modus operandi* del Mal, desplaza un poquito más cada vez la frontera de referencia para definir una nueva normalidad: lo que antes era impensable ahora resulta anodino, mandas un avión a territorio prohibido, luego dos y luego diez y, pronto, uno solo parece banal o, por decirlo de otro modo, normal. Hendrik lleva haciéndolo toda su vida en el parlamento para imponer leyes que, en un primer momento, nadie quería.

Yo lo hice con Odysseus para salvar a un gobierno que todo el mundo quería, pero, contrariamente a las maniobras de Hendrik, ese desplazamiento ínfimo de la frontera —amputarle un nombre a la justicia— era un abismo moral. Eso lo hizo Peter Veerman, no tú, dijo Margaux. Qué va, replicó él, el consejero es el que tiene el poder de verdad, el cual no consiste en actuar, sino en querer, y, si hubiera escuchado a Thomas, no habría tenido ninguna duda al respecto —¿Necesitabas a Thomas para eso?, preguntó ella —Tienes razón, dijo Jorg, lo sabía ya, pero lo necesitaba a él para resistir, y, en lugar de retenerlo, lo dejé marchar. Cuéntame lo que pasó con Todd, dijo ella. Enseguida, murmuró, enseguida, pero la premisa es importante: la política como feudo de la adaptación al Mal, y uno acaba negociando la supervivencia de unos a cambio del silencio de otros, y, al hacerlo, arriesga lo más valioso que posee.

Y aquí vuelve a aparecer Martijn Dekker.

Un año después del baño de Schoorl.

Ahí tienes lo que el diablo les hace a nuestras vidas, Margaux, y déjame que te recuerde que el único duelo que valga es el que libramos con nosotros mismos, pero ¿sabes lo que arriesgamos? Lo más valioso que poseemos, dijo ella. Pero ¿qué es lo más valioso que poseemos?, preguntó él. ¿El amor?, sugirió ella. No, contestó él, el amor es lo más grande que tenemos, lo más preciado, lo más noble, mientras que lo más valioso anida en el corazón de nuestras oscuridades, en la intimidad de nuestros miedos. Lo más valioso que poseemos es la historia que nos contamos sobre nosotros mismos: quiénes somos y quiénes no somos, quiénes deberíamos y no deberíamos ser. La gran cuestión de nuestras vidas es aceptar cambiar ese relato.

Suspiró. La verdad es que debería haber luchado contra mí mismo y abdicado del deleite de ser poderoso; en lugar de eso, me batí contra el diablo, sacrificando lo más preciado para mí. ¿Y qué pinta Dekker en todo eso?, preguntó ella. Supongo que podrás adivinarlo, dijo Jorg. Se enteró de lo de Christian Brants, me devané los sesos, removí Roma con Santiago para averiguar cómo, pero nunca obtuve respuesta; aunque, bueno, es la prerrogativa del diablo, al fin y al cabo: lo ve todo, lo sabe todo, está presente en todas las malas intrigas. Dekker sabía que Christian Brants estaba en entredicho con lo de Odysseus, y nos lo comunicó amablemente justo cuando debíamos arbitrar uno de los mercados públicos más importantes de la década: debíamos arbitrar entre su compañía y la que dirigía Todd, cuya oferta era la mejor con diferencia, pero yo estaba acorralado por la acción conjunta del diablo, de mi cobardía y de mi vanidad.

¿Tu cobardía?, preguntó ella.

Había conflicto de intereses, contestó él, debería haberle confiado la decisión a una autoridad independiente, cosa que no hice por las otras razones, a saber: el chantaje de Dekker y mi apego a mi propia ficción. Así que arbitraste en contra de Todd, dijo ella —Arbitré en su contra, sí, confirmó él, pero eso no es lo peor, porque él seguro podría haber entendido mis razones para no causarle problemas a Peter. Pero, en lugar de eso, le dije: La lealtad, como la caballerosidad, es el lujo de quienes no actúan, y vi que había perdido a Todd de idéntica manera a como perdí a Thomas. Lo peor, Margaux, es esto: lo que yo enunciaba era verdad si uno se sitúa en el referencial de verdad del diablo, pero si, por el contrario, uno se sitúa en el del Bien, entonces todo eso es falso, todo eso es sucio, todo eso es esencialmente feo. ¿Qué debería haber hecho? ¿Cambiar de oficio y vender helados en la Kalverstraat? ¿Llegar a ser el que era —el gran amor de Todd— en lugar del que creía que debía ser —el mejor estratega de los Países Bajos? Quizá, dijo ella. Sin la menor duda, dijo él, es lo que debería haber hecho, pero ¿sabes lo que me retuvo? El Mal, contestó ella. El Mal, dijo él, que se presenta también bajo la forma de la falta de fe.

Hice caso omiso de la lección de Schoorl. De Jean. De la belleza. Del amor.

Y, esta vez, la venganza me la envió el diablo, pero ¿por qué habría de sorprenderme? El duelo solo termina con la muerte de uno de los duelistas, había empezado con Brants, y yo sabía que no dejaría de irse todo al garete; bueno, cuando te digo que lo sabía, lo digo retrospectivamente, en el momento seguía blandiendo la nueva normalidad que había moldeado yo mismo, sufría por la pérdida de Todd, pero no la achacaba a mi decisión, me había privado yo mismo de la belleza de mis gestos políticos, pero no me permitía reconocerlo; lo que Schoorl me había dado Schoorl me lo arrebataba. Me convencí de que Todd nunca me había querido de verdad y me aferré a mi ficción como un náufrago a su tabla. Una única falta que desencadena todas las demás, Margaux, y estás perdido, a menos que consigas redimirte —¿Es lo que tratas de hacer conmigo esta noche?, preguntó ella —Exactamente, dijo él, cuento con que seas mi redención y, para ello, tengo la misión de hacerte leer la carta de un muerto.

Bebió un sorbo de vino.

Evidentemente, prosiguió, no se pierde a alguien por una sola frase, el diablo incita a un engranaje de deslices, pero lo primero que hace es socavar nuestra fe en el amor. Yo creía en el poder, pero no en la felicidad, y el diablo lo aprovechó para salirse con la suya conmigo. ¿Y Todd creía en ella?, preguntó Margaux. Jorg le lanzó una mirada triste. Sí, creía en ella, de hecho, solo creía en eso, habría vendido helados en la Kalverstraat si ese hubiera sido el precio del amor: ¿quién puede querer a un estratega gordo y desaliñado si no es alguien con fe? Señaló a Sanne con un gesto aburrido, pero aquí vuelve la hermana pródiga, dijo, la santidad quizá sea eterna, después de todo, y yo estoy cansado, que alguien me dé un puñado de palomitas y que siga sin mí la función.

Espero que no les lleve toda la noche, dijo Sanne, volviendo a sentarse frente a Margaux, los goznes están deformados, pero no se puede dejar la puerta abierta con esta tormenta. Sea como fuere, no te molestaré mucho tiempo, te hablaré de Thomas cuando todos se vayan a dormir, pero antes quería decirte una cosa sobre Jean. Se alisó la falda, y por su rostro pasó un rayo de luz. Eres para mí muy cercana y lejana a la vez, prosiguió, han pasado tantas cosas desde que éramos jóvenes... Ya antes de que te marcharas, cuando coincidía contigo, me parecías la misma y a la vez otra persona, yo era una sola mujer, mientras que tú vivías varias vidas, y, ahora, habitas en una galaxia hecha solo de cosas grandiosas, no una nevera que llenar, polvo en los rodapiés o calcetines sucios debajo de la cama —¿Quieres decir que no hay vida?, dijo Margaux riendo. Sanne se rio a su vez: No mi vida, desde luego. Pero lo más importante es que, pese a los años, algunas cosas siguen igual entre nosotras. Antes de que te marcharas, aunque te fuéramos percibiendo más lejana, había algo de ti que no cambiaba, y ese algo era Thomas. La forma en que te miraba, en que te hablaba, en que hablaba de ti, en que se reía contigo, en que estabas para siempre en su vida. Ahora que él ha muerto, me vuelve todo, os veo juntos y sé que todavía te conozco: Margaux es esa a la que Thomas mirará siempre de la misma forma.

Calló y sonrió con tristeza y ternura. Nos quiere y le gusta que nos hayamos querido, pensó Margaux, ¿viene de ahí la luz? Hay también otra cosa que no cambia, dijo Sanne, algo que tú y yo tenemos en común para siempre. Calló de nuevo. Margaux observó la danza de las sombras, los recuerdos y los secretos entretejidos en el claroscuro de la habitación. A su lado, silencioso pero vigilante, Jorg estaba sumido en la contemplación del fuego. Frente a ella, con las manos en el regazo, Sanne la miraba con melancólica benevolencia.

Nuestros hermanos pequeños han muerto, dijo Margaux.

Nuestros hermanos pequeños han muerto, repitió Sanne, y se miraron con una comprensión mutua y muda. En ese silencio, Margaux volvió a sentir que algo en ella se aligeraba, otra vez esa ligereza, pensó, pero ¿cómo puede ser? Luego la sensación se desvaneció.

Pero, al contrario que tú con Thomas, prosiguió Sanne, yo siempre he considerado a Jean mi otro hermano pequeño. ¿Sabes que, durante más de quince años, no hubo un solo sábado de mercado en Noordermarkt en que no se reuniera conmigo en Winkel? Ah, Winkel, dijo Jorg, la mejor tarta de manzana del mundo civilizado... Odio los mercados, nunca le he visto la gracia a recibir empujones y pisotones para conseguir las mismas endivias que en las tiendas, pero la tarta de manzana de Winkel bien valía hacer cola un sábado por la mañana. Jean decía riendo que era la misma tarta que los demás días, dijo Sanne, con la única diferencia de que la flor y nata de los canales no se agolpaba delante de la Noorderkerk —Cierto, dijo Jorg, y yo conseguía allí una información que no habría obtenido en ningún otro sitio —No era consciente de que fuerais tan íntimos, dijo Margaux —Lo éramos, dijo Sanne, yo quería a mi hermano pequeño y adoraba al tuyo. Pese a su fantasía, Thomas era un hombre —buscó las palabras—, un hombre serio, o profundo quizá, siempre fue un pilar, un centro de gravedad en todos los sentidos de la expresión, incluso en nuestros años de juventud, cuando tenía esa energía, esa fe, esa determinación, hacía de la vida una cuestión seria, pero Jean era todo lo contrario, él iba directo al abismo a toda velocidad y silbando, como si dijera: Nada es grave, puesto que la batalla ya está perdida de antemano. Era tan guapo, tan desesperadamente encantador..., por eso también fue un pilar, yo pensaba que, mientras Jean Chanet respirase, la vida podía ser divertida o ligera.

Se acarició la frente.

Los sábados, prosiguió, nos sentábamos en la terraza de Winkel y charlábamos con todo el barrio, incluso en los últimos tiempos, cuando estaba ya tan débil, nunca faltaba a la cita. No se quitaba las gafas de sol, estaba muy delgado, se sentaba frente a mí con su aire indolente de siempre, pero se le notaba en los músculos de las mejillas que sufría, y, cuando yo se lo decía, contestaba:

Es porque, cuando quedo contigo, nunca vengo colocado, nena, y se echaba a reír, es el único día que no me meto. Luego me contaba anécdotas graciosas sobre la gente del trabajo y, cuando me veía reír, decía: No hay nada como un yonqui majo para hacerte reír, no esperes lo mismo de tu marido el banquero.

Sanne asintió con amargura. Era tan irrisorio, Margaux, pensaba que si las mañanas de los sábados en Winkel se mantenían, estábamos a salvo del abismo, y, en lugar de mirar el fondo de las cosas, me limitaba a mirar a mi alrededor, al mercado, a la gente, a los amigos que pasan, a la vida, que parece eterna como un viejo ritual —No era un ritual, dijo Jorg, era una costumbre; los rituales nos iluminan, las costumbres nos engañan —No te imaginas lo hondo que es mi pesar, prosiguió Sanne, es lo que quería decirte antes de hablarte de Thomas: siento mucho que todo ocurriera así.

Siento no haber sabido mirar el fondo de las cosas.

Calló. Cómo me gustaría sentarme con ella en la terraza de Winkel, pensó Margaux. Sumergirme en su bondad. Olvidar todo lo que pensé en tiempos, contemplar todo lo que no vi entonces. Se rememoró Noordermarkt como no lo había hecho desde hacía más de diez años, la efervescencia del mercado a la sombra de la Noorderkerk, las terrazas de los cafés abarrotadas incluso en invierno, el Prinsengracht surcado por el vuelo de las gaviotas y, más arriba, la floristería, el anticuario, el cruce con el Brouwersgracht, el canal transversal donde terminaba, para ella y para todos, el verdadero Ámsterdam. Lo que Sanne relataba de Winkel hacía resurgir un mundo de la nada, y Margaux pensó: La infancia, mientras la invadían retazos de recuerdos increíblemente nítidos, y las imágenes de la edad adulta resbalaban sobre ese hielo duro como una bruma transparente. Éramos hijos de los canales, pensó, vivimos en esa luz única, ¿cómo he podido olvidarlo?

No sé cómo puedes vivir en Londres, siempre me ha parecido una ciudad muy lúgubre, dijo Jorg, en la nuestra llueve y hace un frío que pela, pero el agua, por todas partes, el agua de los canales, del mar interior, del canal del mar del Norte y del mar mismo, toda esa agua nos da luz incluso en los meses más sombríos. Margaux recordó a Jean acurrucado a su lado en el apartamento del Prinsengracht, yendo a su encuentro con Thomas por la orilla del canal, sentado en un banco en la terraza del Brandon, inundado cada vez por una luz total... El eco del agua y la pátina del tiempo, pensó; me equivocaba, lo importante era la luz —Eso es, eso es, dijo Jorg, si pones el marco adecuado delante del paisaje adecuado, ya solo hay luz, ¿y sabes por qué lo arrastra todo consigo al final?

Lamento tantas cosas que no sabría por cuál empezar, dijo Sanne, pero, por encima de todo, lo que más siento es un diálogo que quedó truncado. Se alisó un mechón de pelo y el borde de la falda. Justo antes de que se fuera a Châteauvieux, nos tomamos la última tarta de manzana en Winkel, prosiguió, se me encogía el corazón al verlo tan flaco, tan guapo, sin gafas de sol, con la mirada llena de abismos y de cansancio. Me dijo que se iba a Châteauvieux, que pensaba que allí encontraría la paz, yo lo miré con sorpresa, y él añadió: Descanso y un buen chuletón, esa va a ser mi cura, tengo que dormir y recuperarme. Con un abatimiento infinito, Sanne pareció contemplar a través de Margaux a la Sanne de entonces. ¿Cómo pude dejarlo marchar?, preguntó, ¿cómo pude dejarlo marchar después de unas palabras tan absurdas, tan *imposibles*? ¿De qué hablasteis después?, preguntó Margaux. De cosas sin importancia, contestó Sanne, se bebió el café con una mueca y dijo: Últimamente estoy leyendo poesía china, así me distraigo de estupideces; fíjate, llevaba un año sin leer poesía, y justo ayer me topé con un verso que voy a meditar en nuestra vieja calzada romana del alma. Y entonces se echó a reír, dijo Sanne, una risa fresca que no le había oído en mucho tiempo, creo que en parte fue por eso por lo que lo dejé marchar, por lo que no traté de retenerlo.

Una lágrima rodó por su mejilla.

Solo en parte, dijo por fin, la otra parte concentra la suma de todos mis pesares: estar sentada en la terraza de Winkel convencida de que las cosas eran eternas. Ahí le has dado, dijo Jorg, ahí le has dado, pero ¿sabes de qué verso hablaba Jean? En su mesilla de noche había una antología de poesía china que también te daré, le dijo Sanne a Margaux, encontré varias páginas marcadas, pero solo un verso subrayado varias veces, y entonces comprendí por qué se reía.

Abrirse a la luz para caer mejor

Se reía porque había tomado una decisión. Sanne se interrumpió, se secó la mejilla y, al cabo de un momento, añadió: Verás también que había escrito en el margen: *O caer para abrirse mejor a la luz, Thomas H. y Jean C.*, seguido de una cruz repasada a lápiz varias veces.

Calló y se oyó un fuerte ruido en el exterior. Han conseguido cerrarla, dijo alguien en la sala, y Margaux miró por la ventana el paisaje esculpido en nieve y noche en el que se movían las siluetas de los cuatro hombres ocupados en la reparación de la puerta. Más allá había un mundo invisible hecho de campanarios, graneros, tejados y landa. No necesito ver, está dentro de mí, pensó Margaux, no puedo rehuirlo, también los paisajes se transforman en fantasmas. No he vuelto a Winkel, dijo Sanne, voy a veces al mercado, pero donde tampoco voy ya es a la Noorderkerk —Esa no es la verdadera razón, comentó Jorg divertido, di más bien que, como papá, el meapilas de tu marido prefiere la Westerkerk, la iglesia de los ricachones y los conservadores.

Se abrió la puerta y aparecieron Hendrik, Jan, Hans y Sjoerd. ¡Victoria!, exclamó Jan en neerlandés, y todo el mundo aplaudió. Sanne se levantó y fue con Paule a ayudarlos a quitarse los gorros y los abrigos. Ha sido una batalla homérica, añadió Jan. Sirvieron vino a los héroes del granero, durante unos momentos hubo un alegre bullicio, parte de los presentes desaparecieron en la cocina, y Jan fue a sentarse frente a Margaux, copa en mano. Ella le sonrió, y él le devolvió la sonrisa, tenía las mejillas sonrosadas por el frío y húmeda la frente, estaba más alerta y vivo de lo que ella lo había visto nunca. Te veo muy elegante, le dijo a Margaux, siempre lo has sido, pero te sienta bien la madurez, estás más impresionante aún que en el pasado. ¿Impresionante?, repitió ella. Él se rio. Estoy casado con una mujer del mismo estilo, dijo, y ella lo miró con extrañeza.

Nunca habrías dicho eso antes, dijo Margaux. ¿Antes de qué?, preguntó él. Ella no contestó. Pero tienes razón, prosiguió Jan tras un sorbo de vino, ha habido un antes, o más bien dos, en realidad: el antes de Paule y el antes del duelo. Inclinó la cabeza, como si se estuviera mirando las manos; a Margaux le pareció muy viejo. Luego se incorporó y cruzó los brazos, volvía a ser el patriarca y el banquero de siempre. Hasta hace poco, el nuestro era un país de *pilares*, dijo, cada cual vivía en su propia comunidad con sus propias convicciones, sus instituciones, sus escuelas, sus medios de comunicación y sus partidos, y nuestro talento para la tolerancia nacía de esas fronteras bien entendidas. Durante toda mi vida he creído que la familia era una nación similar en la que debían coexistir esferas separadas, yo estaba ahí pero apartado, pertenecía al trabajo y no al hogar, quería a mis hijos pero no los conocía. ¿Y tu mujer?, preguntó Margaux. Jan soltó una risita breve. Mis amigos añoran la época de los pilares, dijo sin responder a su pregunta, aborrecen la diversidad, veneran los cotos reservados de caza y los clubes privados, yo fui mucho tiempo uno de ellos —El más entregado, le susurró Jorg a Margaux, no te imaginas la pandilla de carcas que eran —Y habrá sido necesaria la muerte para que eso cambie, prosiguió Jan. Se raspó con la uña una mancha invisible del pantalón y de nuevo volvió a parecer cansado y vulnerable. Ya no añoro los pilares, continuó, en realidad no añoro nada, solo lamento haber vivido detrás de la frontera y no haberla cruzado hasta cuando ya era demasiado tarde. Pareció buscar algo en su interior, y la severidad de su rostro se suavizó.

En el duelo me transformé en padre, dijo.

En el coche, al marcharnos de Ámsterdam, prosiguió Jan, Thomas me dijo: Ahórrame las Sagradas Escrituras, y nos reímos los tres, Anna, él y yo, nuestra risa nacía de una vieja historia que de pronto cobraba ligereza. Durante el trayecto hacia París, yo iba rezando por tener unos días más de esa ligereza *—solo unos días más, unos días más, Señor, te lo ruego—*, así todo el rato hasta el Jardín de Luxemburgo, hasta la calle de mi cuñado Albert, hasta abrir la portezuela trasera y cruzarme con la mirada de mi hijo vivo. Me transformé en padre en esa tregua que me concedió la muerte; si hubiera sido una muerte repentina, yo seguiría siendo el mismo —Eso crees, dijo Jorg —Y nunca habría vivido esa fusión de dolor y júbilo extremos. Bebió un sorbo de vino e hizo una mueca. Esa noche, en París, dormí como un tronco, lo cual no deja de ser espantoso: el insomne crónico duerme a pierna suelta mientras su hijo agoniza en la habitación de al lado. Pero le debía cumplir su voluntad y llevarlo hasta Châteauvieux al día siguiente, de modo que dormí con la serenidad del veterano la víspera de la última gran batalla.

Al día siguiente... Se le quebró la voz y calló un momento para dominar la emoción. Al día siguiente, no podría decirte cómo, pero sabía que llegaríamos vivos a Châteauvieux. Thomas durmió durante gran parte del camino y, cuando despertó, habló tranquilamente con Anna, se rieron al pensar en sus amigos borrachos delante del Brandon, luego callaron y, en un silencio de una extraña ligereza, recité los primeros párrafos del último relato de *Amsterdammers*. Miró a Margaux sin verla y se pasó la mano por la frente con un gesto de extrañeza. Fue impresionante, dijo por fin, fue impresionante esa bajada hacia el Aveyron, me venían las palabras sin esfuerzo, como si siempre las hubiera sabido, como si las recitara en la fe paterna.

Margaux observó los rostros de los presentes, a los que se superponían los de otra escena que le era familiar.

Inclinada sobre la barandilla, Loes Lucas esperaba la llegada de los invitados, dijo —*Mientras vigilaba atenta el progreso de la cena en la cocina*, prosiguió Jorg.

Loes Lucas, leunend over de reling, keek naar de aankomst van de gasten terwijl ze met een waak-

zaam oog de voortgang van het diner in de keuken in de gaten hield, repitió Jan, y añadió: Ahora ya son también mis Sagradas Escrituras, tendrían que haberlo sido antes, pero al menos las oí camino de Châteauvieux. ¿Qué dijo Thomas?, preguntó Margaux. Jan sonrió. Dijo: *Atenta* sobra, y Anna y yo nos reímos. Volver a oír viejos textos es cruel, protestó, están demasiado sueltos, demasiado flácidos, uno querría apretarles las tuercas, pero ya es demasiado tarde, y serás para siempre el tipo que escribió *atenta* en lugar de no escribir nada. Y volvimos a reírnos los tres.

Y luego lloramos.

Y Thomas añadió: Podrías haberlo dicho antes. Haber dicho antes: Te quiero. Habérselo dicho también a Sanne. Y, entre nosotros, habérselo dicho a Jorg. Jan miró a Margaux sin verla. Previo al antes del duelo, hubo el antes de Paule, sé el marido que he sido y, de no haberlo sabido, habría tenido a mis hijos para recordármelo, pero mi fe conyugal se reveló de la misma manera que mi fe paterna, solo que, esta vez, aún no es demasiado tarde. Calló, mientras Paule, Hendrik, Sanne, Hans y algunos más salían de la cocina y dejaban fuentes y cubiertos sobre la mesa grande. La señora está servida, dijo en francés, luego se inclinó hacia Margaux y le dijo: ¿Y tú? ¿Se lo has dicho? Se levantó y añadió: Hay otra cosa de la que tengo que hablarte, algo que te concierne, he hablado demasiado de mí, volveré más tarde y me centraré en ti, pero ahora tengo que ayudar a las tropas —Qué decepción, comentó Jorg mientras su padre se alejaba, ni una mirada a su hijo mayor pese a sus piadosos deseos, pero sus palabras me han conmovido, tengo que reconocerlo.

Se oyó un largo ulular, el viento arreciaba y, precipitándose dentro del patio, levantaba en remolinos montones de copos. La puerta del granero aguantaba. El paisaje invisible rugía. Margaux se sentía bañada por una luz que no deslumbraba, mientras a su alrededor seguía la danza de las sombras. Volvió la cabeza y se cruzó con la mirada de Hendrik. ¿En serio? No me digas, suspiró Jorg, aunque Margaux no hubiera dicho nada, ya sé que me repito, pero siempre lo he apreciado —Pasé con él los años más tranquilos de mi vida, dijo ella —¿Y por qué te fuiste entonces?, preguntó Jorg. Ella no contestó, y él meditó un momento. Hendrik sabe cómo mantener todo en su lugar, prosiguió, las tuercas, las ideas, las leyes, la gente, tiene talento para federar, pensé que también conseguiría que su matrimonio se mantuviera en pie. ¿Qué pensaste nada más verlo? No, no me lo digas, deja que me imagine la escena: fue en 2001, justo había vuelto de Londres, y Thomas acababa de contratarlo para la campaña de Peter, me imagino una fiesta con un ambiente elegante que congrega a los protagonistas del drama, y entonces avanza hacia ti un hombre, y tú lo miras; por primera vez, la presencia de Thomas no te impide ver a ese hombre.

Tú, que eres arquitecta, ¿sabes por qué la luz lo arrastra todo consigo al final, sabes de qué está hecha? De estratos de transparencia, por lo que, ya sea de día o de noche, ves el fondo de las cosas. Es lo que quería Jean y lo que Thomas vino a buscar aquí a su vez. Lo que Schoorl me ofreció y no supe entender. Es el pesar de santa Sanne, el pesar de los hombres en este mundo, el pesar de nuestras existencias de nada. Es tu pesar, Margaux, cuando ese hombre se te presentó en la claridad.

¿O quizá tengas algún otro pesar más?

¿Qué quería Thomas?, prosiguió. Borrarse de sí mismo para comulgar con Jean. Contigo. Con todos. Señaló la sala con un gesto, y a Margaux le pareció que unas chispitas seguían la curva de su mano. Pero solo un hombre que se mira a los ojos puede olvidarse de sí para ir al encuentro del otro, prosiguió, Thomas sabía reírse de sus propias ficciones, podía enfrentarse a sí mismo sin maquillaje. Renunciar a los espejismos. Oponer resistencia a las leyendas y a los mitos. Y, mira tú por dónde, lo mismo ocurre en la historia, llegados a cierto punto, algunas civilizaciones prefieren morir antes que cambiar, prefieren la visión que tienen de sí mismas antes que su propia supervivencia, es incluso la primera página del manual del estratega, siempre he velado por cambiar los métodos y los puntos de vista, por huir de la rutina como de la peste: siempre he preferido cambiar antes que morir.

Hasta Odysseus.

El diablo, Margaux, te encadena a la historia absurda que te cuentas sobre ti mismo, te impide ponerla en juego en el duelo; cerrar los ojos al Mal para seguir haciendo el Bien: yo creí en ello, lo creí casi, quise convencerme de ello y me perdí. Me convertí en una de esas personas a las que yo despreciaba, los cortesanos, los oportunistas, los cínicos, los corruptos, esa camarilla infame con la que tuve que vérmelas durante toda mi vida política. No hay nada que odie tanto como el cinismo, la estrategia no es una práctica de maleantes, es el arte de imponer tu voluntad sin derramar sangre, pero, en lugar de eso, me convertí en un intrigante —Qué va, dijo Margaux, si fuera así, no tendrías remordimientos, solo algún que otro pesar —Eso no basta, dijo él, y heme aquí, mendigando mi redención como el más humilde pecador.

Se rio en voz baja.

Mi redención, repitió, y cerró los ojos. Pocos días después de que dejara el gabinete de Veerman, fui a tomar un café en Spanjer con Thomas, hablamos, nos reímos, todo seguía intacto entre nosotros, era diez años menor que yo, pero conversábamos de igual a igual, y me gustaban esos diálogos en los que nunca nos juzgábamos. Me dijo: Has cruzado una línea roja, pero lo sabes mejor que nadie. No me he marchado por Odysseus, sé desde el principio que el ejercicio del poder es sucio. Me preocupa Jean, todo va demasiado rápido, demasiado lejos. Y, por último, me dijo: No podía quedarme porque la tiranía del presente me mata, reclamo elegir las armas y, para vencer sin combatir, pido la eternidad.

Ya solo escribiré novelas.

Y yo le dije: Hazlo, yo cuidaré de Jean. Ya ves cómo cumplí con mi tarea, pero, antes de hablar otra vez de Jean, vuelvo a Thomas, pues, después de lo de las armas, el combate y la eternidad, se rio de sí mismo y dijo: Como si se pudiera vencer.

Si Thomas hubiera conocido Schoorl, prosiguió Jorg, no habría venido a Châteauvieux, la última ceremonia habría sido en mi duna frente al mar del Norte, hoy nos habríamos congregado en Ámsterdam, en el cementerio que todos conocemos, la habría visto antes allí, habría visto en la arena a la mujer a la que veía en el silencio y el vacío del Aubrac, habría visto en la noche de Schoorl el cuerpo desnudo de la vida, ese cuerpo desnudo es el amor, esa mujer es el amor, no importa saber quién es.

El amor, Margaux.

Thomas quería a Jean más allá de lo posible, y todos nos alegrábamos de ver a esos dos hombres de talento, jóvenes y apuestos, unidos por una amistad que la muerte no ha matado, solo a ti te habrá matado, si no, ¿por qué te habrías marchado para no volver? He vuelto, dijo ella —Has vuelto, dijo él, y tengo una primicia para ti: estás viva, pero no lo sabes. Le alargó la copa a Hans, que pasaba con una botella de vino, y ella lo imitó. Ahora vuelvo, dijo el joven —Vuelven como tú, suspiró Jorg, todos quieren volver, creen que siempre se puede volver. Vi a Thomas después de morir Jean, justo después de ir a tu casa, fui a la suya. Me abrió la puerta Anna, vi a Thomas al fondo del pasillo, estaba de espaldas, de pie frente a la ventana; lo encontré frágil, casi evanescente, y, cuando se volvió hacia mí, tuve una extraña impresión de ausencia, no lo reconocí hasta que él me vio a su vez, hasta que volvió a ser Thomas y hasta que me dijo: No te culpes.

No te culpes.

Y añadió: ¿A quién se lo digo? Debemos decírnoslo el uno al otro, solo tú puedes disuadirme a mí de hacerlo, y solo yo puedo disuadirte a ti, entonces yo dije: No te culpes, y nos sirvió un whisky.

Seguido de otros más.

Anna nos dejó solos y bebimos sin lograr emborracharnos, el dolor nos negaba la ebriedad y, al final, Thomas dijo: Debería haberlo escuchado —¿Escuchar qué?, le pregunté —Lo que Jean me dijo en Navidad, citó un verso de un poeta chino

---

y se rio como hacía tiempo que no lo oía reír —¿Y qué verso era ese? —*Abrirse a la luz para caer mejor*, contestó Thomas.

Y yo dije: O al contrario.

No sé cómo pasamos los quince días siguientes, después de eso nos recuerdo en el funeral, en el cementerio de la Westerkerk, bajo ese cielo de un azul indecente, soplaba viento, tú estabas al borde de la fosa, tus padres al otro lado, Hendrik te cogía la mano, estabas pálida y distante, te encontré evanescente, tuve una extraña sensación de ausencia, y entonces te fuiste.

Te fuiste para siempre, hasta que hoy lo desmiente, y henos aquí donde Thomas, once años después de Jean, vino a morir a su vez; sé por qué lo hizo mi hermano, pero ¿sabes tú por qué eligió el tuyo Châteauvieux? Margaux miró la habitación, iluminada por la luz tamizada de las lámparas y por el fuego, miró a los allegados de Thomas, que hablaban en voz baja, miró a Hendrik, que conversaba con Paule, y sintió que algo *se hundía* en ella. Perdona, dijo levantándose, ahora vuelvo —Como los demás, suspiró Jorg, como los demás, e hizo un gesto cansado. Margaux se dirigió al fondo de la sala, abrió una puerta, la cerró y se apoyó de espaldas en ella, se masajeó las mejillas y siguió hasta el baño, pero justo entonces salió de allí Pascal, el compañero de los veranos de antaño. Le sonrió con timidez y se arrimó a la pared con un gesto torpe que quería decir: Perdón, te dejo el sitio. No, no, dijo ella, pasa tú. Él no se movió, parecía inquieto. Estás temblando, le dijo a Margaux al cabo de un silencio.

Ella se sorprendió, bajó los ojos, vio que le temblaban las manos y quiso decir: No es nada, pero no pudo. Miraba fijamente a Pascal, sentía que el tiempo se estiraba, ¿voy a desmayarme?, pensó. Ven, dijo él, abrió la puerta del cuarto de baño, la tomó del brazo y la llevó a una silla junto al lavabo, donde ella se desplomó. Él se sentó en el borde de la bañera, frente a ella. Llevo una hora sentada sin parar de charlar y beber, dijo en tono de disculpa, me he mareado al levantarme. Él asintió con la cabeza, era el mismo que en tiempos, los mismos ojazos tristes, el mismo rostro surcado de arrugas, las mismas manos de campesino, los mismos hombros algo encorvados, el mismo cuerpo delgado y fuerte. ¿Te encuentras mejor?, le preguntó. Ella le indicó con un gesto que sí, y él sonrió. Vaya susto me has dado, le dijo, y ella sonrió a su vez. Recorrió con la mirada el viejo cuarto de baño con su parqué de veta en espiral, la lámpara de techo rústica, los azulejos con cenefa y las alfombrillas de baño de rizo gastado. Hace fresco aquí, dijo. Él se rio. Lo prefiero, murmuró. Se observaron indecisos, ella escrutó sus ojos.

Cuéntame lo de Jean, le dijo.

Él inclinó la cabeza hacia un lado, ella percibió su espanto y su vacilación, y entonces la tensión se desvaneció de golpe.

Lo encontré yo, dijo.

Lo encontré yo, repitió, me había acercado a decirle que fuera a nuestra casa a cenar, llamé a la puerta principal, luego rodeé la casa y llamé a la puerta de servicio, no había luz, entré, lo llamé varias veces, pensé que habría salido, pero noté algo raro. Cerró los ojos, sus rasgos estaban más marcados, Margaux pensó que se parecía al Cristo del calvario. Entonces comprendí, dijo, comprendí y fui corriendo al piso de arriba, pero ya era demasiado tarde; había visto muertos antes, sabía que no había nada que hacer. Pascal abrió los ojos. Estaba guapo, dijo despacio, seguía estando guapo, parecía dormido, yo no sabía que eso es típico de una sobredosis. Llamé al SAMU y a los gendarmes, y me senté al lado de la cama, no quería dejarlo solo. Nunca creí... Se interrumpió, ella se llevó las manos a la nuca y bajó la cabeza. Sigue, dijo. Nunca creí que llegara a hacerlo, pero sabía que pensaba en ello. Volvió a interrumpirse. No lo entiendo, prosiguió, sabía lo de la droga, sabía algunas cosas, pero, cuando venía aquí, estaba vivo, era divertido, era Jean.

Estaba ahí.

Y, de golpe, ya no estaba. Margaux levantó la cabeza, él la miraba fijamente. ¿Sabías que pensaba en ello?, le dijo, y el rostro lleno de arrugas de Pascal adquirió una gravedad que le confirió una belleza singular. Thomas me lo había dicho, contestó, y él también, me refiero a Jean. ¿Yo estaba allí?, preguntó ella. Él la miró sin comprender. Cuando te lo dijeron, ¿estaba yo en Châteauvieux con vosotros? Él pareció más perplejo todavía. La primera vez fue en el barranco, cuando teníamos quince años, contestó, Jean hizo amago de saltar y dijo: Lo haré algún día. Se rio, Thomas y yo también, eran cosas de críos. Más adelante ya era otra cosa, ya de adultos era distinto, dijo dos o tres veces: Pienso en ello. Un día Thomas me dijo: Mientras solo lo piense... Recuerdo que yo le contesté: Sería mejor que no lo pensara siquiera —Entonces Thomas te dijo: Jean es Jean, prosiguió Margaux, y te dijo también: No creo en el destino, pero sí en la tragedia, y, por último: Hagamos que la tragedia no se convierta en el destino. Eso es, dijo Pascal, no entendí nada. Ella se quedó callada. No lo entenderé nunca, prosiguió él, no sé. ¿Qué es lo que no sabes?, preguntó ella. Lo que tenéis en la cabeza, contestó, vosotros sí sabéis lo que tengo yo en la mía, pero yo no lo sé —Claro que sí, dijo ella, claro que lo sabes.

En el interior de todo siempre hay una única cosa.

Él la miraba perplejo, ella pensó: Le impongo nuestros absurdos, pero Pascal respiró hondo. ¿Sabes?, cuando éramos críos, os escuchaba hablar entre vosotros y no entendía lo que decíais —No estoy segura de que lo entendiéramos nosotros tampoco, dijo Margaux, y él se rio bajito: Justo lo que yo pensaba, pero, un día, ¿qué tendríamos?, ¿quince años también?, Jean me dijo: Voy a ser poeta. Yo le pregunté: ¿Y eso en qué consiste?, y me contestó: No entiendes lo que escribes, pero aun así sabes que es verdad. La misma gravedad de antes iluminó el rostro de Pascal. Nunca lo he olvidado, dijo. Se miraron un momento en silencio. Cuando Thomas llegó aquí antes de Navidad y me dijeron que era el final, pensé en Jean. Pensé: Jean es Jean, Thomas es Thomas; me fui al establo y lloré como un crío, lloraba sin poder parar, menos mal que solo me veían las vacas. Se sonrió de sus propias palabras y volvió a respirar hondo.

Menos mal que lloré, dijo.

Y volvió a llorar, mientras Margaux le cogía la mano. Él se la apretó, y al cabo de un momento ella preguntó: ¿Y qué tal todo, aparte? Se rieron. Le soltó la mano y se miraron con delicadeza. No me quejo, contestó él, tengo sesenta cabezas de ganado, Sylvie está bien, los niños están bien —Y sigues cuidando de la casa Helder, dijo ella, la mantienes —Con mi madre, sí, contestó sonriendo, yo hago todo el trabajo, pero las órdenes las sigue dando ella —No hay que llevarle la contraria a Françoise si quieres sobrevivir, dijo Margaux, y él se echó a reír —No, te lo digo en serio, era nuestro lema —Ya lo sé, asintió él, mis hijos dicen lo mismo, y eso que hacen tantas travesuras como nosotros. Ah, dijo ella, sí que hicimos travesuras, sí, y sintió que la embargaba una oleada inesperada de alegría. Nos bebimos el vino de misa, les dimos las hostias a las gallinas, le echamos azúcar al *aligot*, enumeró ella —Pintamos grafitis en las vacas, prosiguió él, y les entró la risa floja a los dos —¡Pintamos grafitis en las vacas!, repitió ella, ¿tú qué escribiste?

Él volvió a echarse a reír sin parar, incapaz de responder. Escribí *¡Vaca!*, consiguió articular por fin con un hilo de voz, y volvió a darles la risa floja. Sanne les pintó bigotes de gato, y Jean, la A de anarquía, dijo Margaux cuando recuperaron el aliento, pero no me acuerdo de lo que puso Thomas. ¿No te acuerdas?, le preguntó él. Eran las vacas del prado que había detrás de la iglesia, me conocían bien, les había llevado sal, nos acercamos muy despacito, estaban tranquilas, yo pinté a una, Sanne y Jean pintaron cada cual a la suya, pero, al final, la de Jean se asustó, se dio la vuelta, y todas las demás avanzaron hacia nosotros. Salimos corriendo como locos, tuvimos suerte de que no nos embistieran, pero casi habría sido mejor, porque al día siguiente me llevé la paliza del siglo. Se rio con ganas. Nunca había visto a mi padre así, rojo como un tomate, estaba que echaba espuma, pensé que le iba a dar un infarto, abrió la boca varias veces, pero estaba tan indignado que no le salía ningún sonido, entonces me dio una paliza y se fue sin decir palabra, asqueado; se tiró más de un mes sin hablarme.

Calló y dejaron que el silencio se instalara un momento, mientras sonreían, recordando la fantástica aventura.

Total, que a Thomas no le dio tiempo a pintar su vaca, concluyó.

A saber lo que se le habría ocurrido, dijo Margaux, igual *Pacer o no pacer, esa es la cuestión*, y, de nuevo, volvió a entrarle la risa. Se sobresaltaron cuando llamaron a la puerta. Pascal se levantó a abrir, era Sanne, que los miró con curiosidad, y luego se le iluminó el semblante con maliciosa complicidad. ¿Qué hacéis?, preguntó en francés, y durante un instante volvieron a ser los críos de los veranos de Châteauvieux, tramando una nueva travesura. A Margaux le pareció que el suelo, los azulejos y las alfombrillas de rizo recuperaban su brillo de antaño. ¿Puedo ir con vosotros?, preguntó Sanne, y los tres se echaron a reír como si el pasado hubiera vuelto, y, con él, la despreocupación, la juventud y todo cuanto, aun muerto, nos compone. Sigue vivo, pensó Margaux, se rieron otra vez y, poco a poco, todo volvió a ser viejo y desencantado. Pero tal vez quedará algo de ello, volvió a pensar.

Dejaron a Sanne allí y volvieron al salón, que Margaux encontró demasiado caldeado. Paule y

Hendrik charlaban en unos sillones frente al que ella había abandonado, a su lado, con aire sombrío, Jorg callaba. ¿Te has dado un baño de infancia con Pascal y Sanne?, le preguntó mientras ella volvía a sentarse. Estábamos hablando de ti, dijo Paule, contando cómo te seguimos la pista gracias a tus obras por todo el mundo. Margaux admiró su serenidad, sus bonitos ojos inteligentes, y pensó: Digno hijo de su madre, no estoy a la altura ni de ella ni de los demás. Al principio, tus padres contestaban a mis mensajes, pero, al cabo de un tiempo, dejaron de dar noticias, ¿cómo están?, prosiguió Paule. Bien, supongo, contestó ella, no sé mucho más que tú, se instalaron definitivamente en Boston, me imagino que reparten su tiempo entre cócteles y recepciones, creo que tienen un perro y que mi padre sigue siendo consejero de algunos bancos. Jan apreciaba mucho a Luc, dijo Paule, le encantaba trabajar con él, se llevaban de maravilla, con poca gente lo he visto reírse tanto como con él.

Pero ¿cómo podías soportar a mi madre?, preguntó Margaux.

Paule la miró con ternura. A ella también la apreciaba, dijo, y la aprecié aún más tras la muerte de tu hermano, se puede ser una madre atormentada y un ser humano tratable. ¿Atormentada?, repitió Margaux. Yo no la veo desde esa perspectiva romántica. Paule sonrió. ¿Hay algo que veas desde una perspectiva romántica? Solo había afecto en su voz. Mi madre tiene razón, dijo Jorg, esculpes la vida a golpe de escalpelo, la conviertes en un quirófano en el que se amputa todo lo que duele, pero sé quién eres, Margaux, y te veo como me gustaría que te vieras tú misma. Ver, dijo ella con pesar. Hendrik y Paule la miraron fijamente, con aire inquisitivo, y ella se preguntó: ¿Qué pensé de Hendrik la primera vez? Pensé que lo veía. A tu madre le costaba vivir consigo misma, dijo Paule, y con vosotros era aún más complicado —A mí ella me inspiraba compasión, dijo Jorg, o más bien su vacuidad, lo ausente que estaba de sí misma —Pero puedo decirte que Laure os quería, dijo Paule —¿Nos quería?, repitió Margaux, y miró a Paule y luego a Hendrik.

Entonces el amor nos mata, dijo.

Hubo un silencio. El amor nos mata y nos da la vida, dijo al fin Jorg, cada poder va siempre con su contrario, razón por la cual el diablo tiene poder sobre nosotros. No fue el amor lo que mató a Thomas, dijo Paule. Se levantó, le acarició la mejilla a Margaux y añadió: Cuento con que dirás unas palabras dentro de un rato.

A su alrededor se servía la cena, oyó el tintineo de los cubiertos y el bullicio de las conversaciones, alguien rio en voz bastante alta, y Hendrik, con los rasgos relajados, se reclinó en el respaldo del sillón. ¿Lo harás?, preguntó. Ella no contestó, Jorg resopló y dijo: No lo hará, ni siquiera sé si abrirá la carta. Hendrik señaló con un gesto de la mano la amplia sala, la chimenea, las ventanas que daban al patio, el granero y la nieve: No me imaginaba así la casa de vuestra infancia, la veía a imagen del Prinsengracht —No, hombre, dijo Jorg, bienvenido al reino de la fealdad, aquí no se viene por las alfombras, sino por los paisajes —No me imagino a Jean y a Thomas pasando sus últimos días en un sitio así, siguió diciendo Hendrik, pero quizá lo entienda mañana en vuestra famosa calzada romana. Estamos en una cueva oscura junto a un área de luz, dijo Margaux, Thomas y Jean odiaban la casa, pero les encantaba la región. Les encantaba Ámsterdam, dijo Hendrik, así es que, ¿por qué abandonar a tus amigos, los canales, la vida que has llevado y que tanto te ha gustado? ¿Tú vendrías a morir aquí?

Se asombró de las oleadas de emoción que le suscitaba la pregunta, él la observó y pareció asombrarse a su vez. No lo sé, dijo ella, todo está cambiando, te aseguro que ya no sé gran cosa. Pero ¿entiendes por qué vinieron aquí?, le preguntó él. Thomas sí, lo entiendo, dijo ella, vino por Jean; eludió decir: Y por mí. ¿Y Jean?, preguntó Hendrik. Ella calló y sintió que una gran oscuridad caía sobre la habitación, que el haz de luz en el que se encontraban se apagaba de golpe y sombras movientes planeaban sobre ella.

Se quedó callada, y él la observó perplejo. No entiendo, dijo —¿Verdad que no?, comentó Jorg con simpatía —¿Por qué te es tan difícil responder si has vuelto aquí?, prosiguió Hendrik. Margaux sintió que las sombras empezaban a descender despacio y le faltó el aire. Me temí lo peor, contestó —¿Te temiste lo peor?, repitió él con un gesto de incredulidad. Pero si lo peor ya había ocurrido, quizá si lo hubieras entendido, no te habrías ido, quizá ahora estaríamos cenando en Spanjer, o quizá te habrías ido igual, pero al menos sabríamos todos por qué. Se levantó para acercarse al fuego, cruzó las manos detrás de la nuca, luego volvió y se sentó de nuevo. O quizá haya otra razón aparte de lo peor, dijo, una razón que no quieres decirte, una razón más poderosa todavía —Eso es, dijo Jorg, dinos, Margaux, qué es más poderoso que lo peor.

Luz, por favor.

Y, por consiguiente, transparencia.

Hendrik se levantó de nuevo y se quedó de pie un momento delante del fuego. Luego volvió a sentarse, entrelazó los dedos y apoyó la barbilla sobre las manos unidas. ¿Sabes a quién fui a ver primero después de tu huida?, preguntó. Llamé a la puerta de Bente —Ah, Bente Veerman, dijo Jorg, la maravillosa hermana de Peter, Todd y yo la adorábamos —Me abrió, prosiguió Hendrik, me miró, descorchó una botella de vino, me escuchó y me dijo: No ha sido por ti, y yo la creí, supe que decía la verdad porque en realidad era la sentencia de mi impotencia. Me dijo: Los Chanet y los Helder: todos soñaban con ser de los suyos, y el resultado es que todos resultaron heridos salvo Anna. Pero Thomas no es Margaux, Thomas no es Jean, siempre ha dominado sus abismos, sabía lo que hacía cuando se casó con Anna. ¿Sabías tú lo que hacías con Margaux Chanet? ¿Con el gran amor de Thomas? ¿Con una mujer tan peligrosa? Peligrosa, eso seguro, dijo Jorg, pero lo somos todos a nuestra manera y lo somos sobre todo para nosotros mismos.

Hendrik apuró su copa y prosiguió. Siempre he apreciado a Margaux y a Jean, me dijo Bente, esos hermanos eran algo único, sobre todo eran peligrosos para sí mismos, alimentaban sus demonios como nadie, ponían todo el empeño en ello, nadie puede nada contra eso —Siempre me he preguntado qué broma del destino le había dado a Peter una hermana como Bente, dijo Jorg, por lo demás, era una neerlandesa de verdad, artista a la vez que mujer de negocios, con las manos en los pinceles y los ojos fijos en sus cuentas bancarias, pero tenía talento, y fantasía; la recuerdo en el funeral de Jean, tan rubia, guapa, dura y tierna como siempre, sus sublimes ojos azules lo veían todo pero solo miraban a Margaux —Yo adoraba a Bente, dijo Margaux, solía ir a su casa en el Keizersgracht por la mañana temprano, tomábamos un café y luego íbamos andando a su taller, los canales estaban desiertos, no se oían más que los gritos de las gaviotas y el sonido de la lluvia.

Calló un momento, mientras acudían a su mente imágenes muy nítidas, imágenes de fachadas rojas y negras, de ventanas altas, de aguas oscuras sobrevoladas por gaviotas, y el recuerdo de la luz de Ámsterdam barnizaba ligeramente todas esas imágenes, como en un cuadro, pensó. Me gustaba cuando andábamos en silencio una al lado de la otra, dijo en voz alta, nos *veía*, no sé explicarlo, pero en ese momento sabía qué clase de mujeres éramos. Después trabajábamos en silencio, ella pintaba y yo dibujaba, de vez en cuando nos tomábamos un café. De nuevo se le apareció a su mirada interior el cielo matutino, el cielo de Ámsterdam, pensó, el cuadro más grande del mundo, el país entero no es más que un cielo sobre dos campos y tres pantanos, pero la luz de los canales lo transforma en un cuadro —Y su arquitectura, dijo Jorg, así como el fasto de la sobriedad, de las hileras de ladrillos, los frontones depurados, las ventanas minimalistas, estamos en una obra maestra en la que la belleza nace de lo esencial, pero no voy a empeñarme en repetírtelo, mejor explícanos qué clase de mujeres erais en vuestros paseítos matutinos, diría que tenemos ahí algo crucial —Mujeres solitarias, dijo ella, él negó con la cabeza y le sonrió con una melancolía inesperada —Una obra maestra en la que la belleza debe nacer de lo esencial, dijo él. La belleza y la verdad.

Hendrik miró a Margaux con una expresión inquisitiva. Éramos mujeres solitarias, repitió ella, es lo que teníamos en común y que yo veía cuando caminábamos juntas en silencio. ¿Solitarias?, repitió él a su vez, y añadió: No lo creo, y, a diferencia de ti, Bente nunca huyó —Exacto, dijo Jorg, lo que Margaux Chanet no puede controlar Margaux Chanet lo rehúye, ¿y qué hay más incontrolable que la verdad? Lo que es más poderoso que lo peor es la verdad, dijo Hendrik; Bente no la rehuía, Jean tampoco y Thomas menos todavía. Volvió a servirse vino y añadió: La verdad, en lo que a mí respecta, es que no vi venir nada, que no pude evitar nada, que si os quise a todos no fue más que para contemplar la evidencia de mi ceguera —Aquel al que menos entendiste, dijo Jorg, es al que más quisiste —La primera vez que vi a Thomas fue en la facultad, dijo Hendrik, me pareció brillante, pensé que era el hombre que a mí me habría gustado ser, pero nunca sentí envidia de él, y así seguí hasta el final, fue mi modelo y mi rival, sin que ello lastrara nuestra amistad.

Los Chanet y los Helder, todos querían ser de los suyos y nadie los envidiaba, ¿por qué, según tú?, preguntó Jorg.

Es un hecho extraño que se aplicaba también a los demás, dijo Hendrik. Incluso a Jorg, que podría haber sido el hombre más envidiado de los Países Bajos, solo le conocí enemigos, era como si estuvierais aparte del orden normal de los sentimientos. Sin embargo, éramos diferentes unos de otros, dijo ella —Os diferenciaban miles de cosas, dijo Hendrik, pero, al final, jugabais en la misma liga, yo he crecido en Leeuwarden, soy hijo del Norte y de los pólderes, vosotros erais *grachtenbewoners*, franceses, neerlandeses, eso no importa, teníais en común haber crecido en los *grachten* de Ámsterdam; en los canales, dijo, sonriendo por su acento. Lo que me fascinaba de Thomas, prosiguió, era ese algo que escapaba a la fatalidad neerlandesa, a su pragmatismo, a su rudeza, a su obsesión por los diques y el dinero, a lo que ha sido toda la historia del país con excepción de un único siglo, el Siglo de Oro, el que vio nacer los canales.

Thomas decía: Soñamos aquí y después nos fuimos. Los canales son una ciudad dentro de la ciudad, un sueño dentro del sueño, una utopía visible. Cuando fui a despedirme de él, me dijo: Contrariamente a lo que pueda creerse, el escritor en mí ha infravalorado la importancia de los lugares, ellos son los que moldean tu mirada, tu conciencia y tu corazón, por eso debo marcharme, Ámsterdam es mi filtro, pero lo que busco está en otra parte, no tengo que ir a Châteauvieux solo porque allí murió Jean, sino porque necesito ver. Me llevo mi lámpara conmigo. Y rezo porque haya nieve y bruma.

Y añadió: Un poco de nieve para escribir la última página y un poco de bruma para conversar con lo invisible. ¿Sabes?, ya van varias noches que tengo el mismo sueño: bajo al canal, giro a la izquierda por el Leliegracht, mato el rato en la librería, vuelvo a recorrer el Leliegracht en el otro sentido, me tomo un café en Spanjer, sigo hasta el Prinsengracht, lo cruzo, lo bordeo hasta Noordermarkt, me siento en la terraza de Winkel, me tomo una tarta de manzana y me bebo otro café, los sábados le compro flores a Anna en Pompon, sigo, giro a la derecha por el Brouwersgracht, voy hasta el Herengracht, lo bajo, giro a la derecha por la Herenstraat, curioseo en el anticuario, paso por la bodega de la esquina del Keizersgracht y vuelvo a casa. Durante esa hora de paseo, me cruzo con diez amigos y veinte conocidos, oigo un puñado de rumores, me entero de veinte datos y me río otras tantas veces. Ese sueño era mi paseo cotidiano, el que hice durante quince años y que ya no puedo hacer solo. El paseo en el que, mientras caminaba, bebía, comía, hablaba y reía, escribía mentalmente mis novelas. Aquel en el que me sabía parte de una hermandad cuyos miembros se reconocen entre sí con una mirada; una hermandad y no una camarilla, pese a su carácter privilegiado, los canales mezclan pertenencias, entornos, orientaciones, convicciones y creencias, es el antigueto encajado entre dos ladrillos y tres fachadas sublimes, y, aunque eso ya esté desapareciendo, porque me marcho y porque los tiempos cambian, ese paseo no era un paseo, ese barrio no era un barrio, esa ciudad no era una ciudad, era todo eso a la vez y, al poco, ya no era nada de todo eso: era una visión.

Una visión que va a servirme de lámpara. Estas son las últimas palabras que le oí a Thomas.

Y que no entendiste, dijo Jorg, estoy dispuesto a atribuirlo a la distancia entre los pólderes y los canales, pero entendías el trabajo de Margaux, entendías esa sobriedad en respuesta a más sobriedad todavía, esa elegancia que nacía de lo depurado, esa ligereza compleja que es propia de Ámsterdam, entendías todo eso, mientras que no alcanzabas a entender a Thomas —Habría dado mi vida por ver lo que él veía o, más bien, por ver a su manera, dijo Hendrik, cuando estudiábamos Ciencias Políticas, él siempre enfocaba las cosas de otro modo, cuando yo hablaba de derecho, él hablaba de justicia, cuando yo hablaba de política, él hablaba de ciudadanos, cuando yo hablaba de táctica, él hablaba de voluntad. Sin él y sin Jean, los discursos de Peter habrían sido vacuos, y sin Jorg también lo habría sido su política, formaban un trío fuera de lo común entregado a un hombre que no lo era. Se rio. Y yo tampoco lo soy, pero, igual que Peter Veerman, siempre he sabido rodearme bien y siempre he tenido mi brújula, ser neerlandés es creer en tu parlamento, no tengo más talento que el de amar nuestras instituciones. Se quedó un momento callado. En resumen, que Peter sabía elegir a sus tenientes, sin Jorg no habría estado doce años en el poder, sin Thomas y sin Jean no habría adquirido estatura, y yo estaba a su servicio pero no entendía nada —Eres un hombre de razón, crees en la ley, crees en el pensamiento, dijo Jorg, pero Thomas creía en el espíritu.

Entonces, después de ir a ver a Bente, fui a ver a Thomas, dijo Hendrik.

Uno siempre sabía dónde encontrar a Thomas, era un hombre de costumbres que viajaba aún menos que yo; si querías charlar con él, por la mañana ibas a Spanjer o a Winkel, a mediodía, a algún sitio del Jordaan, el resto del día estaba en su casa, y, por la noche, le preguntabas a Anna con quién cenaban. No por nada escribió *Amsterdammers*, claro que es un homenaje a *Dubliners*, pero, al contrario que Joyce, él decía: ¿Para qué ir a otra parte? Lo que tengo aquí es único, tengo la belleza, la libertad, la civilización y, encima, un café bueno de verdad. Cuando me dijo que quería morir en Châteauvieux, me quedé estupefacto porque Thomas y Ámsterdam eran entidades simbióticas, separarlas equivalía a que murieran ambas; de hecho, una vez muerto Thomas, me parece que Ámsterdam también lo está. Miró a su alrededor. Y aquí estoy yo, en esta casa incongruente, ajena y lúgubre a más no poder, conversando con una aparecida.

Margaux recorrió con los ojos la habitación que la infancia inundaba de una claridad para siempre invisible para Hendrik. De pie junto a la puerta de la cocina, Pascal hablaba en voz baja con Paule; en la otra punta, Sanne hablaba también en voz baja con su hijo, con una mano apoyada en su hombro. Sintió que las sombras se extendían de nuevo sobre ella, *y bajo la nieve huyeron para siempre*, pensó, y le pareció que se hallaba en medio de una asamblea de fantasmas. Hendrik había callado. Sigue, murmuró ella —Fui a casa de Thomas, me abrió la puerta, me miró y dijo: Se ha marchado; no era una pregunta, me lo leía en la cara o lo sabía por no sé qué dotes adivinatorias, me cogió del brazo, me hizo pasar y nos sirvió un whisky.

Seguido de otros más.

Al final de la tarde, estábamos como una cuba, yo más que él, pero con todo aguantamos toda la noche. Por extraño que pueda parecer, ya no recuerdo de qué hablamos, solo que, en un momento dado, Thomas dijo: No consigo encontrar a Jean, hace quince días pensé que su muerte le daría otra presencia, su verdadera presencia, sin la droga, sin el dolor, y entonces, dijo Hendrik, mirando a través de Margaux algo que ella no podía ver, comprendí que me habías dejado, pero que Thomas había perdido la mitad de sí mismo.

Thomas y Jean, prosiguió, otra entidad orgánica cercana a la simbiosis, se comprendían sin palabras, tenían los mismos gestos, la misma estatura, la misma languidez, la misma belleza singular, compartían un alma consagrada a la literatura —una mitad a la novela, la otra a la poesía—, e, insisto, estaban unidos por la sangre de los canales que corría por sus venas. Sus discursos para Peter le hablaban a esa conciencia muy antigua que hereda todo el que habita en esta tierra y, más allá de sus cielos y sus costas, sus pantanos y sus ciudades, sus arquitecturas y sus diques, oye el mensaje de los canales; esa conciencia muy antigua que instilaban en las palabras de Peter reposaba como un fondo de piedra dura bajo la arena de las estupideces políticas, nadie ignora que este es un país de libertad y de derecho.

Lo que los lugares les hacen a los hombres, dijo Jorg.

Hendrik bebió un sorbo de vino. Incluso después de marcharse del equipo de Peter dando un portazo, Thomas siguió trabajando con Jean, se las apañó para que, hasta el final, sus palabras y su droga fueran impecables. ¿A qué te refieres?, preguntó ella. Le corregía los textos y compraba para él, contestó Hendrik. Ella se quedó estupefacta. ¿Compraba para él? ¿Y tú lo sabías? No, dijo él, no lo supe hasta después de morir Jean. Margaux miró a Jorg. No me mires así, dijo él, es prerrogativa del diablo enseñarte solo el abanico de tus malas decisiones, yo lo sabía sin saberlo, todos le dábamos dinero a Jean, pero Thomas fue más lejos, y no se lo reprocho, los reprobables somos nosotros, por dar sin querer ver, por ver sin poder actuar, había demasiada porquería en el mercado, y Jean ya no distinguía bien, si yo hubiera sido su hermano del alma, habría hecho exactamente lo mismo. Pero no era más que el hermano de su hermano del alma. Y era también el consejero de Peter. No podía bajar a la calle a pillar droga.

¿Y tú, lo pensaste alguna vez?, le preguntó Margaux a Hendrik. No, pero quizá debería haberlo hecho, contestó, un amigo de verdad quizá debería haberlo hecho, creo que no calibraba bien el peligro y la urgencia —Pero yo sí, dijo ella, y trataba de salvarlo de ello —Lo sé, dijo él, yo estaba ahí, recuerda —Y me sostenías, dijo ella, pero quizá tendríamos que haber pensado como Thomas, aceptar la derrota, evitar que se convirtiera en tragedia. Thomas fracasó, dijo Hendrik. ¿De verdad?, preguntó Margaux, y añadió con rabia: Él lo vio venir todo, mientras yo me debatía en la oscuridad, si hubiera hecho como él, quizá Jean seguiría vivo. *Quizá* no tiene pertinencia alguna en una cuestión como esta, dijo Hendrik —*Quizá* es la palabra del diablo, dijo Jorg, y no tarda en sacarse otra del bolsillo —Salvo que quieras sufrir en vano, dijo Hendrik —¿Y sabes cuál es esa otra palabra?, prosiguió Jorg —Sufrir y hacer sufrir en vano, dijo Hendrik —No es la de la responsabilidad ni la compasión, dijo Jorg, es la de la falta, la del pecado.

Esa otra palabra es *culpable*.

Una ráfaga hizo temblar las paredes y las ventanas, el viento seguía arreciando, gruesos copos bailaban furiosos en el patio, Margaux pensó que la nieve cubría ahora toda la región y, como al principio de la velada, sintió que la inundaba una extraña paz. Sola en las horas sombrías, era el lema de Bente, dijo, pero tienes razón, uno no está nunca solo, siempre hay algún amigo del diablo para hacerte compañía: el pecado, la falta, el pesar, los remordimientos, siempre están ahí agazapados, en alguna parte, listos para saltarte encima.

Miró a Hendrik, lo encontró cambiado y le gustó lo que veía. ¿A qué se dedica tu mujer?, le dijo —Esa pregunta no puede ser para mí, comentó Jorg divertido —Trabaja en el *Volkskrant*, contestó Hendrik, es una amiga de Anna, pero la conocí en casa de Bente —Será periodista cultural, imagino, dijo Margaux, ¿cómo se llama? Roos, contestó él. ¡Ay, espera!, exclamó ella, ¿no será Roos Koopmans? En tiempos leía sus columnas, me parecían muy buenas. Se rio. Lo siguen siendo. ¿La quieres?, preguntó ella. Sí, la quiero, contestó él, me gusta la mujer que es y la quiero porque hace posible el amor. ¿Es lo que has venido a decirme?, preguntó Margaux. He venido a petición de Thomas, contestó él, y, mientras Jan se acercaba a ellos, añadió: Lo que vivo con Roos lo vivieron Anna y Thomas.

Se levantó y le cedió el sitio a Jan, que le palmeó suavemente la espalda. Os dejo, dijo, voy a comer algo, salí anoche de Ámsterdam, estoy muerto de cansancio y de hambre. Habrás notado que siempre tengo razón, le dijo Jorg a Margaux, el caballero negro no es un acusador, sino un testigo del duelo, de paso acaba de librarte de uno de los amigos del diablo, y ya te sientes más ligera. En efecto, abriéndose camino en ella, las palabras de Hendrik le daban una ligereza mayor que la de la nieve.

Aquí estoy de nuevo, dijo Jan, espero no molestarte. Esta vez, no hablaré de mí, lo prometo, quiero referirte una conversación que tuve con Thomas. Se llevó el puño a la boca y la miró sin verla. Que tuve con Thomas la víspera de su muerte, dijo, dejando caer la mano con un gesto tan doloroso que le dieron ganas de abrazarlo. Una conversación que tuve con él cuando estaba a la cabecera de su cama y le leía a Shakespeare, y no la Biblia, claro, aunque no por falta de ganas, añadió con una sonrisa, le leía escenas de *La tempestad* y veía que le hacía feliz. Es una obra maravillosa, ¿no te parece? La aprecié de verdad gracias a esa lectura en la proximidad de la muerte, antes no había captado toda su magia y su ingenio. El caso es que, cuando llegamos al verso *Hell is empty and all the devils are here*, Thomas dijo: Lo confirmo, y añadió, riéndose de sí mismo: Las palabras que querría haber escrito, la literatura que querría haber producido, era la obra preferida de Jean, y su gusto, el de los poetas, era el mejor, rezo porque haya bruma en mi último día y una tormenta de nieve en mi funeral. Se quedó dormido un instante, pero, cuando despertó, me preguntó: ¿Sabes lo que es una tormenta perfecta, *a perfect storm*? Una tormenta monstruo, contesté —Sí, dijo él, es cuando la simultaneidad de condiciones peligrosas da origen a un monstruo meteorológico. Luego murmuró algo que no entendí y dijo: Es lo que fueron Jean y Margaux, para sí mismos y para nosotros.

A perfect storm.

Pero con el poder de convertirse en lo contrario.

Y me dijo: Repíteselo a Margaux, por favor, así que te lo repito, a cambio de lo cual me gustaría que me lo aclarases: ¿qué es lo contrario de una tormenta perfecta? Ella se rio. ¿Una tormenta imperfecta?, sugirió, y Jorg se rio a su vez. Jan asintió con la cabeza. Tengo la certeza de haberme perdido a mis hijos, dijo Jan, pero tú sigues aquí —Y yo también, gracias, dijo Jorg —Créeme, esta noción de tormenta me interpela, vuestras existencias me parecen de una intensidad peligrosa, sabía que Jorg y Thomas tenían éxito, que eran brillantes, que despertaban la admiración, pero pensaba que Peter Veerman era un idiota —Traducción: un progresista, apuntó Jorg —No entendía las novelas de Thomas, y estabais Jean y tú, ese grupo que formabais, los sentimientos, la droga, la vida caótica, todo eso me parecía tan peligroso como una tormenta perfecta —Mientras que la banca es el orden y la virtud, se burló Jorg —Debería haber querido y valorado a mis hijos, en lugar de considerarlos con desdén, prosiguió Jan, y habría visto que ponían en sus vidas una disciplina que solo mi ceguera me impedía ver. Estaba junto a mi hijo en su lecho de muerte, le leía a Shakespeare y pensaba: Tu banca, tus clubes, tus pilares, tu dinero y tu puñetero golf; estaba junto a mi hijo en su lecho de muerte, le leía *La tempestad* y pensaba: El infierno está vacío y todos los demonios están aquí; estaba junto a Thomas, mi otro hijo prodigio, y lo quería con toda la fuerza de mi desesperación. Y, mientras Hans se acercaba con un plato, añadió: Una tormenta imperfecta, Margaux, esa es tu tarea ahora. Se levantó, le dedicó un gesto cariñoso a su nieto y se reunió con los invitados junto al bufé.

He pensado que tal vez tendría hambre, le dijo el joven a Margaux alargándole un plato con asado frío, queso y ensalada. Gracias, quizá más tarde, dijo ella, y dejó el plato a su lado. Él vaciló. Siéntate, le propuso, ya que me conceden un descanso entre dos audiencias. Él se rio. ¿Entre dos audiencias del tribunal?, preguntó mientras se sentaba, y ella se rio a su vez. Por eso no quiero ser abogado, dijo él, no me gusta juzgar —Decididamente simpático, el muchacho, dijo Jorg, y puede que hasta un poquito de izquierdas, como su tío —Ser abogado no es ser juez, dijo Margaux —Pero, en ambos casos, se piden cuentas a los vivos, contestó el joven —Era broma, dijo Jorg, también la izquierda tiene sus censores. Hubo un silencio.

Espera, espera, prosiguió Jorg, me he dejado llevar por mi gusto por el sarcasmo, pero el niño acaba de decir algo importante, ¿de modo que rehúye juzgar a los vivos? La certeza no es lo mío, dijo Hans, mi padre me encuentra idealista y mi madre, demasiado reflexivo, pero creo que soy un inadaptado sin más, pensar el presente me parece más difícil que leer a Dante y, en el tribunal, siempre miro las cosas a la manera de un sueño en el que soy todos los protagonistas a la vez. Si tuviera el más mínimo talento para ello, sería arquitecto o pintor, como usted o como Bente Veerman, pero no sé ni sostener un lápiz, bueno, salvo para escribir textos. ¿Hace mucho que escribes?, preguntó Margaux. Escribo desde que tenía diez años, contestó él sonriendo, no es Shakespeare ni Thomas Helder, pero, cuando escribo, al menos sé lo que hago. ¿Y qué haces?, preguntó ella.

Se reclinó en el respaldo del sillón, de pronto pareció mayor, su hermoso rostro juvenil estaba esculpido en una madurez nueva.

Lo último que Thomas me dijo fue que escribía novelas porque los muertos nos escuchan, siento que vivo entre fantasmas, pero cuando escribo les hablo —Y les corresponde a ellos juzgarnos, ¿verdad?, preguntó Jorg —Y les corresponde a ellos juzgarnos, dijo Hans.

Vaya, añadió el joven, me temo que tengo que ayudar a emplatar la compota de manzana, no puedo escaquearme. Le hizo un gesto a su madre, que lo llamaba desde la cocina, y se levantó, pero, antes de despedirse, se inclinó hacia Margaux y le dijo: Me habría gustado conocer mejor a Jean. A mi padre también, dijo Jorg mientras el joven se alejaba, a mi padre también le habría gustado conocer mejor a Jean, le habría gustado conocernos mejor a todos, y ese pesar lo hace mejor persona. La ventaja de ser un imbécil es que solo puedes progresar, mientras que para mí, que me creía más listo que los demás —y lo era—, el castigo y la caída son dobles. Apuró su copa. Si quieres ganar el combate, Margaux, debes aceptar sacrificar lo más valioso para ti, pero la misión se complica cuando el duelo se transforma en una guerra larga; el desgaste me impidió entender la lección de Schoorl, la lección de Jean, del amor y de la belleza, pero, si lo hubiera dejado todo para vender helados en la Kalverstraat, podría haber convocado mi tormenta imperfecta.

Y haber transformado mis abismos en fuerza: transformas las peores condiciones en luz.

Te conviertes entonces en otra persona y, sin embargo, nunca has sido más tú mismo. Margaux miró en derredor a los que cenaban y la invadió un inmenso cansancio. *Las sombras avanzan y no las vemos*, pensó, *la oscuridad se cierne y no la vemos, la noche se prepara y no la vemos; un día, sin embargo, las descubrimos a plena luz, las sombras, la oscuridad y la noche*, prosiguió Jorg, es uno de los textos más bellos de Thomas, para mi corazón, al menos, lamento no haberlo meditado antes —¿Y eso cómo se hace?, preguntó ella —¿Cómo se hace qué?, preguntó él a su vez —Cómo se convoca nuestra tormenta imperfecta, contestó ella. Estás cansada, dijo Jorg, cansada de batallas inútiles, cansada de sostener en pie las murallas que te protegen de lo peor, cansada de temerlo, de combatirlo, de esquivarlo, ¿y me preguntas cómo transformar todo ese miedo en luz? Pero si ya te lo he dicho, Thomas te lo dijo, Jean te lo dijo, Sanne te lo ha dicho, Paule y Jan te lo han dicho. Contempló con tristeza su copa vacía. Ah, suspiró, las guerras largas son las preferidas del diablo, le gusta acompañarnos en nuestra caída interminable hasta que el mundo en el que hemos vivido esté muerto.

¿Quieres saber cómo se convoca nuestra tormenta imperfecta?, prosiguió Jorg. ¿Entiendes por qué Thomas quería bruma? ¿Y por qué le gustaba tanto la nieve? La bruma, Margaux, oculta lo visible y desvela lo invisible, la nieve cubre lo peor con lo único que es más poderoso, y ¿sabes nombrar ese invisible más poderoso que lo peor?

La verdad, dijo ella.

La verdad, repitió él, pues los muertos nos escuchan y nos juzgan, pero no lo hacen como en un tribunal.

A su alrededor, los invitados cenaban y conversaban, Hans y Sanne pasaban con bandejas cargadas con vasitos con cucharillas, Jan servía más vino y Pascal, con los brazos llenos de leña, se dirigía a la chimenea. Voy al cuarto de baño, ahora vuelvo, le dijo Margaux a Jorg, se levantó y, sonriendo, añadió: Ya sé, ya sé, uno cree que va a volver y se muere de un infarto en mitad del pasillo. Él le devolvió la sonrisa: Oh, claro que vas a volver, dijo, esta noche tengo el poder de hacerte volver a pesar de todo. Al enarcar Margaux una ceja con perplejidad, Jorg hizo un gesto con la mano que significaba: Ve, ve, ya hablaremos cuando vuelvas.

Margaux fue al baño y esta vez no se cruzó con nadie. Se oía el eco ahogado de las voces en el salón, el cuarto estaba fresco y saturado del mismo olor indefinible que la desconcertaba desde el comienzo de la velada. Se sentó en la taza, se quedó ausente un momento y, cuando volvió en sí, se lavó las manos, se miró en el espejo y se dejó caer sobre la silla donde la había conducido Pascal hacía un rato. Roos Koopmans, pensó, ¿qué edad tendrá? Recordó las palabras de Hendrik: Lo que vivo con Roos es lo que vivieron Anna y Thomas, y es lo que viví yo contigo, dijo en voz alta, te quise porque hacías posible el amor. Se quedó allí mucho tiempo, perdida en pensamientos inconexos en los que dominaba una sensación de cansancio; una sensación de cansancio y de guerra larga, pensó levantándose, y volvió al salón.

Apenas quedaba nadie ya. Se ha ido todo el mundo, pero Hendrik vendrá a despedirse de ti mañana por la mañana, le dijo Sanne. ¿Dónde se aloja?, preguntó Margaux. En casa de Pascal, contestó ella, todo el mundo se aloja en el pueblo, en casa de Françoise, de Dominique y de Dédé, de todos modos, habría sido complicado marcharse con esta tormenta.

Anna se acercó a ella. ¿Puedo hablar ahora contigo?, le preguntó —Claro, contestó Margaux, y se instalaron delante de la chimenea. Jorg, que no se había movido, saboreaba su copa a sorbitos delicados. Habían alimentado el fuego, que crepitaba con entusiasmo. Los últimos invitados hablaban en voz baja alrededor de la mesa, vacía ya. Desde la cocina llegaba un sonido de loza y de recogida. *Las sombras avanzan y no las vemos*, ¿eso es de *Amsterdammers*?, preguntó Margaux. Anna negó con la cabeza. Es de su primera novela, contestó. ¿Quién era el que leía el otro texto en el cementerio?, preguntó Margaux. Arno, contestó Anna extrañada. ¿Arno?, repitió Margaux. ¿El editor? Mi compañero de trabajo, sí, dijo Anna, el Arno que me presentó a Thomas. No lo he reconocido, dijo Margaux. Nunca te fijaste en él, dijo Anna, fuiste mi mejor aliada, sin ti no me habría convertido en la editora de Thomas. Pues claro que sí, dijo Margaux, el destino tiene sus reservas de peones, si no hubiera sido yo, habría sido otra persona. Anna se rio.

Margaux Chanet, un peón..., esta sí que es buena, dijo.

Se observaron un momento en silencio. ¿Puedo interrumpiros brevemente?, preguntó Paule antes de rodear el sillón de Margaux y quedarse de pie entre las dos, con una copa en la mano. No has tenido ocasión de decir unas palabras, dijo, no he querido que fueran a sacarte del baño, y ahora ya se ha ido todo el mundo, dijo, esbozando apenas una sonrisa. Parecía estar esperando algo.

He venido, dijo Margaux.

Paule se inclinó hacia ella y le apretó el hombro. No veo mejor discurso, dijo, y se fue.

Has venido, repitió Anna, y voy a poder cumplir con mi tarea. ¿Sabes lo que dice la carta?, preguntó Margaux. Anna bajó los ojos. Qué claros son y qué piel más pálida, pensó, es diáfana, pero en el buen sentido, me equivocaba al pensar que no cuadraba con Thomas, hay en ella una fuerza singular —Una transparencia, dijo Jorg.

Imagino que no irás a Ámsterdam la semana que viene, dijo Anna, ya me sorprende que hayas venido aquí y, a ese respecto, que no te pese en absoluto: me alegro de que hayas llegado después de la muerte de Thomas. Le sonrió. No es hostilidad, al contrario, vuestro vínculo no le teme a la muerte, y yo quería que, mientras aún viviera, estuviera con aquellos que no podrían hablarle después. Hizo una pausa y añadió: Entre los que me cuento. Fue impresionante, ¿sabes?, la enfermedad, la partida de Ámsterdam, el camino hasta Châteauvieux, la última Navidad y la última Nochevieja en esta casa a la que nadie, salvo Jan, tenía ganas de venir, temí que se muriera durante el trayecto, añoré Ámsterdam, a los amigos, el canal, y esta noche me gustaría estar en otra parte, pero quería hacer lo que Thomas deseaba y, como no creo en los fantasmas, quería aprovechar cada instante de tregua. Sonrió. Paule y tú seguiréis conversando con él de una manera u otra, estáis hechas de una pasta que no le teme al destino, pero yo soy aquella con la que vivió su vida real y, ahora, para mí solo hay ausencia. Apretó una mano contra otra con expresión cansada.

¿De qué hablasteis al final?, preguntó Margaux. De todo, exactamente como de costumbre, contestó Anna, de libros, de los amigos, de nuestros padres, de Ámsterdam. De su última novela, que yo estaba editando y que se publicará en primavera. De ti y de la carta que tenía que darte. Teníamos una vida en sintonía, ¿sabes?, una vida de trabajo, lo compartíamos todo, una vida de marido y mujer, una vida dedicada a los amigos y entregada a Jean, una vida de la que nunca estuviste ausente. Se quedó callada un momento, con la mirada perdida. Ahora ya esa vida ha muerto, prosiguió, cuando vuelva a Ámsterdam, venderé el piso. ¿Estás segura?, preguntó Margaux. Era su piso, contestó, el lugar donde se encarnaba su vida, ahora está vacío de su sustancia. Se rio. ¿Quieres comprármelo? Tú sabes pedir a los lugares que hagan hablar a los fantasmas. No creo en los fantasmas, dijo Margaux, pero durante mucho tiempo temí ser uno para ti.

Anna la miró de un modo indescifrable, y Margaux la encontró muy bella, casi irreal.

Lo fuiste al principio, dijo, un fantasma en pleno día, en plena luz. Su mirada volvió a perderse en el vacío, pareció hacer un esfuerzo para abstraerse de pensamientos desolados. ¿Sabes cómo se despide a los fantasmas?, preguntó por fin. Jorg me lo sopló, contestó Margaux, se acepta su muerte y se los deja ir. Anna meneó la cabeza suavemente. Quizá, dijo, pero primero hay que haberlos acogido.

Tienes que aprender a amar lo que más temes.

Te temí, y aprendí a amarte, acepté lo inevitable, lo abracé, hasta quise apreciarlo. Si no lo hubiera hecho, habría sufrido, pero, en lugar de eso, valoré que Thomas te quisiera y que eso no le impidiera quererme a mí, abracé ese amor y ese deseo que tenía por ti y conocí la alegría de amar y de ser correspondida. Miró a Margaux con extrañeza. Lo raro es que, incluso antes de eso, nunca he sentido celos de ti, nunca te he envidiado, nunca he soñado con ser Margaux Chanet —Nadie nos envidia nunca, dijo Jorg, tiene narices, no me digas que no —Solo me preocupaba saber si Thomas podría ser mío también, prosiguió Anna, y, cuando digo mío, quiero decir si podría estar *conmigo*: presente, entero.

Algo iluminó su rostro de porcelana. Podía, dijo, era capaz de vivir en esferas distintas, pero, a diferencia de su padre, esas esferas estaban unidas por el relato de la verdad. Cuando estábamos juntos, estaba ahí, era divertido, tierno, atento, curioso; tenía curiosidad por la vida, por el trabajo, por el amor, cada día, ¿cuántos de nosotros estamos presentes así en todas las cosas de nuestra vida? A veces pienso que esa intensidad es lo que lo quemó antes de tiempo. Pero era tan sereno, dijo Margaux, tan intenso y sereno a la vez, yo solo sé ser intranquila y ausente. Te equivocas, dijo Anna, estás presente a tu manera, pero no se puede decir que se lo pongas fácil a los que te quieren.

Volvió la cabeza hacia las ventanas que las ráfagas de viento laqueaban de copos afelpados. No estaba con él cuando dejó de respirar, dijo, estaba abajo, trabajando en su texto, y navegaba por un extraño río que no seguía su curso de siempre, tenía la impresión de que era a la vez ayer y mañana, pero el presente había desaparecido; dejé el manuscrito pensando en subir a verlo y, justo cuando recorría con los ojos el exergo, vi aparecer a Sanne en la escalera. Anna tomó la mano de Margaux, que se la apretó. ¿Sabes lo que me atormenta? No recuerdo las últimas palabras que nos dijimos, no consigo recordar nuestra última conversación, una hora antes, por más que lo intento con todas mis fuerzas, se me escapa, entonces pienso que esas últimas palabras eran las del exergo. Retiró la mano. Las de Joyce, dijo.

Snow was general all over Ireland.

Snow was general all over Ireland, repitió, mis recuerdos más bonitos del Keizersgracht serán siempre los de los días de nieve, cuando leíamos delante de las ventanas, viendo el canal teñirse de blanco. Calló y se sumió en pensamientos invisibles. La nieve sobre Ámsterdam, dijo Margaux, era el momento en el que el cielo desaparecía, en el que los canales se blanqueaban y aparecían las fachadas, el rojo, el marrón, el negro, de pronto se descubría el suntuoso marco del cielo. Anna soltó una risita irónica exenta de maldad y dijo: Como te he dicho, lo acepté y lo quise todo de Thomas, incluida Margaux Chanet, pero tampoco voy a eternizarme aquí contigo esta noche. Se sacó un sobre del bolsillo de la chaqueta y se lo entregó. No sé lo que contiene, dijo, pero sé quién era Thomas, lee esta carta, Margaux, eres buena compañía para los fantasmas, y creo que la recíproca también es cierta. Volvió a estrecharle la mano, se levantó, se inclinó y la besó en la mejilla.

Qué clase, dijo Jorg, siguiéndola con la mirada mientras subía la escalera, desde luego mi hermano nunca defraudaba, amaba a mujeres fuera de serie. Alzó la copa a la altura de los ojos y la hizo espejear a la luz del fuego. ¿Comprendes el enésimo mensaje que te envía la suerte? Con nuestros muertos no estamos en un tribunal, sino en la escuela, no nos juzgan, forman nuestra capacidad de juicio, Thomas puede enseñarte a combatir al diablo. ¿Al diablo?, repitió Margaux. Tu adversario en el duelo, dijo Jorg; pero ahí viene otra mujer fuera de serie bajo la forma de una santa a la que mal haría en no querer, añadió al acercarse su hermana.

Todo el mundo se va a la cama, ¿puedo decirte unas palabras antes de que subas?, le preguntó Sanne a Margaux. Unas palabras que no son mías, sino de Thomas, añadió después de sentarse y de alisarse la falda, unas palabras que quería que te dijera cuando Anna te hubiera entregado la carta. Vaciló y se armó de valor. Dos días antes del final, me lo contó todo, prosiguió, me refiero a lo que ocurrió la víspera de la muerte de Jean, y después me pidió que te repitiera solo una cosa, estaba muy tranquilo, muy tranquilo y decidido, ya no tenía miedo de nada, estaba tan seguro de sí... Bueno, concluyó Sanne, este es el mensaje de Thomas, que te repito palabra por palabra: Lamento ciertas cosas, pero no me arrepiento de nada.

Jorg alzó su copa a un invitado invisible.

Así debe ser un último día, dijo, una última página, una última ceremonia; una última fiesta pautada por el extraño fragor de la verdad.

La cual, como bien sabes, es, junto con la belleza, la peor enemiga de lo peor.

El fuego agonizaba, la habitación estaba desierta con excepción de ellos tres y, curiosamente, el lugar le parecía ahora a Margaux inundado de luz, mientras que ella estaba en una isla de oscuridad. Como en el teatro, antes de que empiece la obra, pensó. Bajó la mirada hacia sus manos y vio el sobre, Sanne se inclinó hacia ella y le dijo: Lo siento, es muy difícil. Difícil y abismal, dijo Margaux, y Sanne asintió con la cabeza. Ahora deberías ir a dormir, le sugirió, estamos todos cansados y tú debes de estar agotada del viaje —Y que lo digas, suspiró Jorg, ya estaba perdiendo la esperanza de poder irme a la cama algún día.

Se levantaron, Margaux y Jorg siguieron a Sanne por la escalera, este parecía cansado, jadeaba un poco y andaba raro, casi de puntillas, a ella le pareció muy cómico. En el piso de arriba, percibió con mucha más intensidad el olor indefinible y desconcertante. El largo pasillo de parqué gastado al que daban las habitaciones le pareció a la vez familiar y cruel, cruzaban sombras por las paredes, así como recuerdos y pesares desgarradores. Pasaron por la puerta de la habitación de Paule y Jan, por la de Anna, que antaño había sido la de los padres de Margaux, por la de Sanne y Sjoerd, que era la que, de niña, compartía con esta, y por el gran dormitorio que ocupaban en tiempos los chicos.

No había caído en que nos alojamos tantos hoy aquí, susurró Margaux, ¿dónde duermo yo? Hemos dejado tu bolso y tu maleta en tu habitación, contestó Sanne en voz baja, y se detuvo delante de la última puerta, espero que no te moleste estar en la del fondo, sé que es pequeña, pero es cómoda, y te juro que he perseguido hasta la última araña, viva o muerta. Margaux llevó la mano al pomo de la puerta. Pero ¿dónde va a dormir Jorg?, preguntó. Sanne se la quedó mirando. ¿Cómo?, preguntó. ¿Dónde va a dormir Jorg?, repitió Margaux, volviéndose hacia él. Jorg la miraba fijamente de un modo que le pareció raro, con la cabeza hacia un lado y una mirada triste y compasiva. Ocurría algo *extraño*, Margaux se frotó los ojos y trató de poner orden en sus ideas. ¿Comparte habitación con Hans?, preguntó. No entiendo, dijo Sanne, y Margaux volvió a mirar a Jorg. Ah, dijo este, henos aquí.

¿Henos aquí?, repitió Margaux, y, volviendo la cabeza, Sanne escrutó el pasillo por encima del hombro. En la linde de la verdad, dijo Jorg. No entiendo, murmuró Margaux.

Él le sonrió con benevolencia y tristeza.

Estoy muerto, Margaux, dijo.

¿Muerto?, repitió ella. Muerto, confirmó él. Muerto del todo. Ella lo miró fijamente y sintió que el mundo daba un vuelco —Perdón, le dijo a Sanne, ya no sé ni lo que digo, estoy cansada, y abrió la puerta de la habitación. ¿Seguro que estás bien?, preguntó Sanne con voz preocupada —Sí, sí, he tenido un momento de ausencia, contestó, hasta mañana, que duermas bien, y cerró la puerta.

Dio dos pasos y se dejó caer sobre la cama. Jorg se sentó enfrente de ella, en la única silla que había. Me has cerrado la puerta en las narices y, sin embargo, aquí estoy, dijo. No entiendo, murmuró ella por segunda vez. Te lo he dicho en el cementerio, suspiró, la muerte es asunto mío —Pero no puedes estar muerto y estar aquí, argumentó ella —Pues, sin embargo, es la pura verdad, dijo él, la cual es a veces más fuerte que la posibilidad, y has tenido muchos indicios de ello, Margaux, piénsalo. ¿Los vivos hablan mediante aforismos y metáforas? ¿Mediante sentencias y réplicas de teatro?

¿Hablan con todos mientras que nadie habla con ellos? Margaux trató de recordar las conversaciones de la velada. Pero Hans y Jan te han servido vino, has bebido y comido, replicó ella. Es lo que crees haber visto, igual que crees haber hablado conmigo en voz alta, dijo Jorg, pero te aseguro que estoy muerto y bien muerto.

Margaux sintió una oleada de emoción.

Está bien, dijo él, tu mente se va adaptando, empieza a abrir los ojos a la realidad, ¿quieres que le dé unos cuantos hechos? En 2008, Jean se mata, en 2009, estoy en el baño de Schoorl, en 2010, Todd se va, en 2013, Peter deja el poder y, poco después, salgo a comprar el pan y me muero de un infarto en plena calle. Tenía cincuenta años, hoy tendría cincuenta y seis. Fui enterrado en el mismo cementerio que Jean, y supiste por Bente, la única que podía aún hablar contigo, lo que pone en mi tumba: *Lo intentó*. Y lo intenté de verdad, dijo con melancolía, intenté de verdad crear algo posible en esta cosa imposible que es la vida, de verdad amé los posibles imposibles: el amor, la belleza, el espíritu, la luz, se agolpan todos en un perímetro muy pequeño. Inclinó la cabeza a un lado y pareció sonreír a un recuerdo.

Sea como fuere, prosiguió, sé que lloraste al enterarte de mi muerte, prueba de que estoy a la vez muerto y presente ante ti. Margaux asintió despacio con la cabeza, algo se desvelaba en ella, trató de oponerle resistencia y luego se abandonó a ello. Sí, dijo, te creo, pero ahora tengo miedo, ¿eres una creación de mi mente o un fantasma de verdad? Jorg se rio. ¿Importa eso? En el primer caso, estoy loca, contestó ella, en el segundo, la loca es la vida. Pienso que el fin de la noche te iluminará, dijo él, pero, por ahora, recíbelo de mí: lo que Margaux Chanet no puede controlar Margaux Chanet lo rehúye para recrearlo, y recibe también de mí esta pregunta: ¿por qué, según tú, a los fantasmas les gustan tanto los aforismos?

Porque los muertos nos enseñan el futuro, contestó ella.

Exactamente, dijo él. Porque las verdaderas ceremonias son aprendizaje, vía, camino. Y porque estás preparada, al fin.

Y añadió: Estás preparada, pero necesitas un difunto para hablar con tus otros difuntos. ¿Por qué te veo a ti?, ¿por qué no a Jean?, ¿por qué no veo a Thomas?, preguntó ella. Un buen fantasma es un fantasma muerto, contestó él, un fantasma cuyo fallecimiento todo el mundo —los demás y él mismo— ha aceptado. Yo soy el tuyo porque ambos estamos intranquilos y porque tu tormenta imperfecta puede liberarme; o es al contrario, conmigo estás en paz, y por eso podemos charlar con tranquilidad. Y, también, dijo, ¿recuerdas qué amigos éramos? Muy buenos amigos, amigos como hay pocos; Bente se acordaba, se acordaba de nuestras largas conversaciones, de nuestras risas, de nuestros duelos dialécticos, por lo que te avisó de mi muerte y de mi epitafio; Bente, repitió pensativo, nos lleva a otro hecho que tengo que traer de nuevo a tu memoria: huiste justo después del funeral de Jean, el año antes de mi baño en las dunas de Schoorl. Se inclinó hacia ella, Margaux creyó que iba a cogerle la mano, pero solo dijo: Schoorl, Margaux.

La embargó una nueva oleada de emoción.

Schoorl, repitió él. Vayamos más despacio. Esa cabaña la diseñé yo, dijo Margaux —La diseñaste tú, confirmó Jorg —Conocí a Dekker en casa de Bente, prosiguió ella con una inexplicable sensación de alivio, iba a comprarle cuadros, ella me lo presentó, y él dijo: Precisamente estoy buscando arquitecto, tengo un proyecto de cabaña en las dunas, ¿se encargaría usted? Dekker no me gustaba, pero en esa época yo no era conocida, tenía ganas de trabajar, y él añadió: Tiene que parecerse a mí lo menos posible. La semana siguiente, visité todas sus casas, y volvió a decirme: Haga lo contrario exactamente. ¿Bello?, pregunté yo. Él se rio y contestó: Como quiera llamarlo. Pero todo esto tú ya lo sabes, Jorg, salvo que seas un fantasma de verdad y no una quimera de mi mente, en cuyo caso te cuento cosas que ignorabas hasta ahora.

Vete tú a saber, dijo él, sea como fuere, Schoorl lo diseñaste tú, ¿piensas que el diablo estaba enamorado, que quería seducir a una mujer? No lo sé, contestó ella, después de eso ya no volví a verlo, me dio carta blanca y, al final, vino un subalterno a ver la obra terminada. Por supuesto, dijo él, por supuesto, tiene sentido, la verdadera razón había que buscarla por tu lado, veinte años más tarde comprendemos el destino de esa cabaña improbable que construiste para ti misma: le diste una forma al vacío para acoger un día a tus fantasmas. Pero eso no es todo, ¿verdad? ¿Falta aún una parte de la indivisible verdad?

Ella asintió con la cabeza.

Seguiste viendo a Dekker, dijo Jorg.

Ella bajó la cabeza.

La verdad, Margaux, dijo Jorg, abrázala.

Seguí viendo a Dekker, dijo ella, levantando la cabeza, le debo el principio de mi carrera, después ya no lo necesitaba, pero me trajo otros encargos y los acepté: le debo el comienzo y la mitad de mi carrera, la matriz de mi éxito. ¿Estaba enamorado de ti?, preguntó Jorg. ¿El diablo puede enamorarse?, preguntó ella. Codicia, desea, pero no puede amar, es para siempre su propia tormenta perfecta —Cierto, contestó él, lo que nos lleva derechitos al momento de la partida. ¿La mía?, preguntó ella. La suya, dijo Jorg. Margaux cerró los ojos, volvió a ver a Jean frente a ella, estupefacto, herido, hostil. Se fue a Châteauvieux enfadado, dijo ella, enfadado por no haberlo sabido, enfadado porque yo estuviera involucrada, enfadado al entender quién era yo. ¿Cómo se enteró?, preguntó Jorg. No lo sé, contestó ella, por lo demás, es prerrogativa del diablo contaminarlo todo, infiltrarse en todo, estar en todas las malas intrigas. La víspera de su partida, Jean llamó a mi puerta, le abrí y quise abrazarlo, pero él me rechazó, estaba pálido, sombrío, amargo. Me dijo: El diablo me utiliza, pero tú utilizas al diablo.

Desde hace muchos años.

Y me lo has estado ocultando todo este tiempo. Le dije: Solo lo he hecho esporádicamente, pero él no me escuchó y me preguntó: ¿Le has hablado a Dekker de Christian Brants? Dime que no has sido tú. Le contesté: No he sido yo, pero vi que no me creía. Me miró un momento, estábamos de pie en la escalinata de entrada, inseguros, tristes, y yo pensé: El día de la ira, entonces él dijo: Espero que se tratara de un descuido. Di un paso hacia él, y entonces añadió: Déjalo, no tiene importancia. Luego se fue, y nunca más volví a verlo.

En los ojos de Jorg se reflejó un sentimiento de dolor y empatía. Lo que hace el diablo con nuestras vidas: un desastre originado por un desplazamiento en apariencia minúsculo, dijo, pero hay algo más poderoso que eso, hay algo más poderoso que lo peor; es un momento muy dulce para mí, pues lo he esperado mucho tiempo. Ella lo observó, la embargaba un gran temor, él la miraba con afecto y melancolía, era un poco evanescente, de una manera que ella no quería entender, insólita y temible. ¿No irás a irte tú también?, preguntó. Él sonrió con una ternura infinita. He hecho el programa de tu duelo contigo misma, Margaux, dijo, es hora de que desaparezca, ¿no crees? Aspiro a llegar a ser un buen fantasma bien muerto, un fantasma al que el diablo no susurre ya más *culpable*, estoy cansado de haber tenido que esperar tanto tiempo, libérame, por favor —No, dijo ella, no me dejes sola.

No lo estás, dijo Jorg, y desapareció.

LA SANGRE DERRAMADA

Sola, pensó, observando la habitación oscura y silenciosa. Recordó a Jorg sentado delante de ella un momento antes; estaba tan presente, era tan nítido, tan real, ¿cómo es posible?, se preguntó. Dejó la carta de Thomas sobre la cama y encendió la lamparita de noche. Hacía calor en la habitación, y al olor indefinible de la casa se añadía un aroma a polvo y a fuego. Afluían los recuerdos y, con ellos, perspectivas nuevas. Era yo quien juzgaba mal a Sanne, pensó, sus hermanos siempre la comprendieron y la quisieron. Se recordaba de niña, con todos los demás, luego de joven y ya de adulta, y, en cada visión, Thomas la observaba con la misma mirada irónica y tierna. Cómo lo he querido, pensó, cómo ha estado toda mi vida sellada por ese amor que sentía por Thomas. En un destello de luz, se vio con Jorg en el taller de Bente, copa en mano, riendo a carcajadas. Pasó un momento, y era Hendrik quien la abrazaba, le acariciaba la sien y le murmuraba algo sonriendo; esa visión también pasó, y miró la carta sobre la manta.

La rozó con el dedo.

La nieve y el marco suntuoso del cielo, pensó, ya no veo mi vida, ha desaparecido, tragada por los recuerdos, veo su marco suntuoso, su esencia, su urdimbre. ¿Soy capaz de eso? ¿Qué quería Jorg? ¿Vencer sin derramar sangre? Pero la sangre ya se ha derramado, la batalla ya ha tenido lugar, qué hora era, temprano en todo caso, era dos días después de nuestra discusión, hacía mucho frío, fui a casa de Jean, pero él no estaba allí, crucé el Jordaan, subí a casa de Jorg y llamé a la puerta.

Dio la vuelta al sobre.

Me abrió Thomas y me dijo: Yo también lo estaba buscando, pero acaba de llamarme Sanne, se fue a Châteauvieux ayer.

Abrió el sobre y volvió a dejarlo sobre la cama.

No puedo hacer esto sola, pensó, y la embargó una intensa tristeza. Recordaba a Jorg en su despacho, a Jorg con Todd, a Jorg en casa de Bente, en casa de Thomas, en su casa, tranquilo, pensativo y peligroso; me gustaban sus ojos, pensó, ojos de artista en un corpachón de gigante, era astuto pero le daba altura a Peter, devolvía los golpes, pero nunca caía en el juego sucio, tenía enemigos, pero una idea elevada de la amistad. Inclinó la cabeza bajo el peso de la memoria, la tristeza crecía, la insondable tristeza de haber perdido a un amigo. Vuelve, dijo, y leo esta puñetera carta, pero no hubo más respuesta que el silencio de la noche.

Entonces Ámsterdam fue a su encuentro.

Ámsterdam, un 30 de diciembre de 2008, frente a Thomas en el apartamento desierto de Jorg. ¿A Châteauvieux? ¿Con una chica?, le pregunta. Se ha ido solo, contesta Thomas, y ahí está, delante de mí, pensó Margaux, y nosotros también estamos solos. Solos como nunca lo hemos estado. Solos lejos de la infancia ahora que ya hemos vivido y madurado. Solos cuando la verdad ya no parece la misma. Digo: Me voy, no puedo abandonarlo allí, y me echo a llorar; lloro de cansancio, lloro por mi hermano pequeño, por mi impotencia, por mi terror, por mi vergüenza, por nuestra discusión, y ese llanto, de pronto, crea una intimidad nueva; si hubiera llorado delante de Thomas antes, quizá no habría surgido, quizá él no hubiera dado un paso hacia mí, seguido de otro, y, por primera vez en nuestra vida, nuestros cuerpos se tocan de verdad. Thomas, pensó Margaux, la fuerza de mi deseo por él y la fuerza del miedo de ambos, nos lo dijimos cuando teníamos diez años, en Châteauvieux, delante de Jean: Un amor así es profundo, total, imposible; si fracasamos, morimos. Dime, Jorg, ¿por qué razón próxima o lejana fracasa uno en amarse? ¿Demasiado amor? ¿Demasiado miedo? ¿Demasiada esperanza? Lloro, y nuestros cuerpos se tocan de verdad por primera vez, Thomas me abraza, me enjuga las lágrimas, me habla con dulzura.

Cuán asombrosa es nuestra intimidad.

A partir de ese punto, el tiempo cambia de naturaleza, lo que ocurre ya ha ocurrido, no es un cumplimiento, es un renacer, ¿cómo describir el encuentro de cuerpos que están tan próximos desde hace más de treinta años? Contenemos la respiración, intimidados y reverentes, el cuerpo de Thomas, sueño con él y lo conozco desde la infancia, pero el cuerpo íntimo y el cuerpo que desea es otro cuerpo, y pienso: De modo que así es Thomas en el amor, tierno, grave, íntegro, y, en la familiaridad de ese deseo a la vez nuevo y antiguo, en esa familiaridad extraña y carnal, pienso también: Así debe ser la vida. Y nos quedamos largo rato inmóviles.

Maravillados.

Y dice Thomas: Lo que no era posible ahora lo es, hemos sido interminablemente inmaduros, no sabía si creceríamos algún día, y dice después: Hay gente de la que debemos cuidar, y al final dice: Por fin.

Por fin, pero por última vez, pues lo que viene después, Jorg, es que esa noche nos despedimos tarde, pensando que iríamos a celebrar Fin de Año en tu casa al día siguiente, lo que viene después es que no voy a Châteauvieux, que vuelvo a casa, que duermo junto a Hendrik, que pasa otro día y que hacia las seis suena el teléfono, lo que viene después es que la voz de tu madre me dice que me reúna con ella, corro bordeando los canales bajo la lluvia, Paule me coge la mano y me dice llorando: Jean ha muerto en Châteauvieux; entonces, de golpe, a la vez que se apaga la luz, el universo se derrumba. Un solo hecho trágico y el universo se derrumba, un solo acto inmoral y acabas bajo los escombros, es lo que tú viviste con Odysseus, ¿verdad? ¿Me lo contaste, lo adiviné yo hace tiempo? ¿O de verdad conversé con tu fantasma?

Le volvían imágenes muy claras de Jorg, el refinamiento de la inteligencia en el cuerpo de una bestia, pensó, el talento para la amistad y el amor pese a las batallas; ¿es necesario que te diga por qué hui? No quería oír lo que Ámsterdam me gritaba; no quería oír *dónde estabas* ni *ausente*, es decir, *culpable*, no quería oír *avergüénzate* y, sobre todo, no quería oír *adiós*.

Apagó la lámpara, se levantó y fue hasta la ventana. El viento había amainado, la nieve caía con lentitud, las luces exteriores brillaban tenuemente. Es curioso, pensó, ¿por qué se han quedado encendidas? Los contornos del patio, el granero y las piedras del camino se difuminaban en la oscuridad y, al poco, comprendió que no las veía, está oscuro y esas luces están apagadas, pensó, de nuevo mi mente crea esta visión, y quizá no sea locura, quizá sea así como comprenden algunos de nosotros. Alrededor se extendían la meseta, la tierra y el cielo inmensos, la vasta extensión de soledad y de espíritu; un poco de nieve para escribir la última página, un poco de bruma para hablar con lo invisible, pensó, y se le aceleró el corazón cuando apareció una silueta bajo los focos del granero. Era Jorg, Jorg en los tiempos en que hacía de Peter Veerman un rey, en que Jean y Thomas le escribían los discursos, en que quería a Todd y era correspondido, en que todo el mundo lo temía pero nadie lo envidiaba. La miraba, con la cara vuelta hacia los copos que se apartaban de él con gracia, ella le hizo un gesto, él sonrió y le dijo algo que, sin oírlo, ella leyó en sus labios.

No me arrepiento de nada.

Luego desapareció, y ella pensó: Un amigo; el enemigo de tu enemigo. Respiró hondo y, de golpe, una parte de su memoria se iluminó; ese olor es el de la infancia, pensó, no está aquí, está en mí, brota de mis recuerdos, y, de nuevo, la invadieron las imágenes de los cuatro decenios que la habían llevado hasta ese lugar; allí donde los hombres de su vida habían negociado las condiciones del duelo.

La elección de las armas. La elección del lugar. La elección de los testigos.

¿Y para qué?, le preguntó al amigo invisible. El diablo te encadena a tu ficción predilecta a costa de lo más preciado para ti, dijo la voz de Jorg en su cabeza, te impide convertirte en quien eres, te encadena a quien crees que debes ser. Contempló la nieve que caía ahora con dulce placidez; lo que hace el diablo y lo que hacen los lugares de espíritu: un marco para la oscuridad o para la luz, para cegarse o para ver, pensó. Se quedó ahí un momento, inmóvil, erraba sin pensar entre dos mundos, entre dos eras; entonces, cuando ya casi se estaba quedando dormida, él surgió.

Nenaza, dice mirándola a los ojos, *nenaza*, le dice a Thomas, que se ríe y dice: No conocía esa palabra. Están sentados en un banco en la terraza del Brandon, con una cerveza en la mano, ¿cuándo era?, se preguntó Margaux. *Old age is not for sissies*: la vejez no es para nenazas, traduce Jean, es una frase de culto —Hasta ayer no la conocía, dijo Thomas, según parece es de Bette Davis. Era hace mucho tiempo, pensó Margaux, hace mucho, mucho tiempo —Ya veremos cuando lleguemos, dice Thomas, y Jean se echa a reír: Habla por ti. ¿O era en Châteauvieux?, se preguntó Margaux. Quiero morir joven para evitar todo pesar, prosigue Jean —Los pesares, responde Thomas, no se pueden evitar, lo importante es no arrepentirse de nada, y, en la luz del canal, en la luz de la meseta, mira a Margaux.

La visión se desvaneció.

Fue hasta la cama, sacó la carta del sobre y la leyó.

TRANSPARENCIA

Se levantó y volvió a la ventana, donde se quedó mirando los copos hasta que dejó de nevar. La vida es un sueño del que uno despierta a la hora de morir, pensó, ¿esto es de *La tempestad* o de uno de los poemas chinos de Jean? Despuntaba el alba, no había dormido, pero se sentía extrañamente despejada; se cambió de ropa, se puso el abrigo y se guardó en el bolsillo el gorro y los guantes. En el pasillo, el olor a infancia había desaparecido y, en el salón desierto, el fuego estaba apagado. Se calzó las botas de Sanne, salió al frío glacial del alba y fue hasta el garaje rodeando el granero. Allí, comprobó las cadenas del viejo Rover y cogió las llaves que colgaban de un gancho junto a la puerta corredera. Cuando la deslizó, el camino apareció delante de ella, largo, majestuoso y deslumbrante, y la guardia de honor formada por las piedras volcánicas coronadas de blanco le daba un aire más majestuoso todavía. Arrancó a la primera y enfiló el camino, conduciendo muy despacio; tardó diez minutos en recorrer los trescientos metros que la separaban de la comarcal. Más allá ya había pasado la quitanieves, y recorrió la carretera hasta la entrada de la calzada romana. Aparcó, bajó del coche y sacó unas raquetas del maletero.

El tiempo era muy frío, muy bello, muy puro. Se calzó las raquetas y atacó la pendiente observando sus pasos, el aire helado le sentaba bien, iba a buen ritmo sin mirar a su alrededor, concentrada en el esfuerzo. La capa de nieve en polvo era profunda, pero, al cabo de una hora, llegó al punto culminante de la calzada.

Se volvió.

El cielo parecía inmenso, límpido, surcado de vuelos de rapaces lanzadas muy alto por arqueros invisibles. Por debajo, el universo era blanco, surcado a su vez por la línea quebrada de los viejos postes de madera. Aquí y allá afloraban piedras en la superficie del magma inmaculado de un primer día del mundo. Era un paisaje vacío, total, sin límite, pero, aunque el cielo era vasto, el silencio de la tierra le parecía más vasto todavía. Del mismo modo que, al ocultar el cielo, la nieve desvelaba Ámsterdam, la nieve sobre el Aubrac desvelaba la verdadera esencia de la meseta, y Margaux pensó: Aprendí a ver en los canales, en esa libertad y esa civilización de las que Thomas era un hijo prodigio, solo aquellos que creen que lo pasado está muerto ven en ello un museo, Ámsterdam me muestra la urdimbre desnuda de mi vida como se ve el marco suntuoso del cielo.

La belleza, el silencio y el vacío de la meseta lo convierten en una ceremonia.

Y la carta de Thomas es su liturgia. Ve con los ojos de Jorg el agua del cielo caer en el agua del canal, tras la muerte de Jean, y comprende lo que él vio entonces: un enjambre de jóvenes vidas uniéndose a una corriente de existencias antiguas. Margaux sabe que se encuentra en la frontera entre el reino de la infancia y el reino de los muertos, tan próximos ambos al perpetuo reinicio de las cosas. Jean, Thomas y Jorg están ahí, en la luz, abolida toda caída, y sabe que pronto se desvanecerá esa transparencia total. Ve que nunca ha estado sola, que Thomas siempre ha estado presente, que solo lo ha querido a él, que no es una mujer solitaria, que él nunca temió fracasar, pero que ella tuvo miedo del amor, de la pérdida y del final, y piensa: Fue por amor y no por enfado por lo que Jean quiso morir lejos de mí.

Ahora ya que la carta —la última página— de Thomas está nueva todavía en su corazón, Margaux puede hablar con sus muertos. Te perdono, perdóname, dice en voz alta; se lo dice a Thomas, a Jean y a Jorg, lo repite, se lo dice a sí misma y añade: Mis fantasmas, que me dejáis afrontar sola la vejez. Un milano raya el cielo rosa y nacarado por el que avanzan las nubes, le parece que las palabras de Thomas se inscriben en él, que las relee en la benévola aurora, que Jean le sonríe, que la voz de Jorg resuena en su interior. Panda de nenazas, dice al fin, y ríe, mientras surge en ella un gran fragor; mi tormenta imperfecta, piensa, la tragedia hecha luz, los abismos convertidos en fuerza, la ceguera metamorfoseada en visión; ahora soy otra mujer. Mañana irá a Schoorl, o quizá ya está allí, a su alrededor todo le parece un cuadro, el tiempo del duelo se enrosca sobre sí mismo, la vigilia y el sueño se mezclan en una danza indistinta; ¿quién sabe si no está frente al mar del Norte, en el santuario que construyó para sus muertos venideros, el santuario encargado por el deseo del diablo, donde su mente engendra diálogos y ceremonias? Poco importa, piensa, pues en ese instante la embarga una ligereza singular, no es algo gozoso, sin embargo, es más bien un sentimiento de compasión por sí misma y por todos; estaba viva, pero no lo sabía, murmura. Al pie de la calzada ve la silueta de Hendrik, que sube a su encuentro, piensa que es un hombre feliz, que Thomas, Jorg y Jean están en paz, que lo eterno es el cambio. Vuelve a caer la nieve despacio y, ante el paisaje sublime que la nieve vuelve más sublime todavía, en esa belleza, en ese silencio, en ese espacio infinito, dice: Todo está bien.

Sí, volvía a caer la nieve sobre toda la vasta meseta. Caía sobre el cementerio de Châteauvieux, sobre sus cruces negras, sus senderos y sus árboles desnudos; caía sobre el recuerdo de las mujeres y los hombres de luto, caía más allá sobre los bosques, los campos y los ríos, caía más lejos todavía, sobre las fronteras invisibles de la región y, al norte, sobre parajes desconocidos a los que uno se unía por la gracia de esa caída. Se posaba despacio sobre la tumba de Thomas Helder, cubría la piedra, y, al otro lado de la tapia, coronaba el campanario de la iglesia, los tejados de las casas y los graneros, la atalaya y el calvario en el cruce de caminos. Caería mansamente sobre toda la provincia durante un día y una noche más, sin escuchar ni entender, mientras que todos escucharían y entenderían su silencio, una nieve indiferente a los tormentos de los vivos.

Old age is not for sissies
Jorg H., Thomas H. y Jean C. †

MI AGRADECIMIENTO Y ETERNA GRATITUD

a

Eva Chanet y Bertrand Py

Jean-Baptiste Del Amo, compañero[1] de escritura

Emmanuelle Ousset, brújula personal

Pierre Gestède, a quien le debo, entre otras cosas, Ámsterdam

Arty Grimm, que me abrió las puertas de esta ciudad

Arjan Pomper, consejero en cuestiones neerlandesas

1. En castellano en el original. *(N. de la t.)*

REFERENCIAS

En las páginas 122 y 137, «Abrirse a la luz para caer mejor» es una frase que he tomado de François Cheng en *Shitao, la saveur du monde*, Phébus, 1998.

La cita de la página 169 proviene de Shakespeare, The Tempest, Chancellor Press, 1982.

La cita de las páginas 183 y 184 es de James Joyce, Dubliners, «The Dead», Penguin Classics, 2004.

En la página 217 he tomado prestadas dos expresiones de Maurice Blanchot de *L'Instant de ma mort*, Gallimard, 2002.

«Sé —¿lo sé?— que aquel al que ya apuntaban los alemanes, no esperando más que la orden final, experimentó un sentimiento de extraordinaria ligereza, como una beatitud (nada gozoso, sin embargo); ¿un júbilo soberano? ¿El encuentro de la muerte con la muerte?

»En su lugar, yo no trataría de analizar ese sentimiento de ligereza. Quizá fuera invencible de golpe. Muerto; inmortal. Quizá el éxtasis. Más bien un sentimiento de compasión por la humanidad sufriente, la dicha de no ser inmortal ni eterno.»